YVETTE Z'GRAGGEN

ZEIT DER LIEBE, ZEIT DES ZORNS

YVETTE Z'GRAGGEN

ZEIT DER LIEBE, ZEIT DES ZORNS

Aus dem Französischen von Hedi Wyss

BENZIGER / EX LIBRIS

ch

Dieses Buch gehört zu einer Reihe, die in den vier Landessprachen erscheint mit Unterstützung der schweizerischen Kantone, der Walter- und Ambrosina-Oertli-Stiftung und der Fondation Ex Libris.

Der Titel der Originalausgabe lautet: «Un temps de colère et d'amour».

Das Buch ist eine Gemeinschaftsausgabe des Benziger Verlags Zürich, Köln und des Ex Libris Verlags Zürich.

Herstellung: Benziger, Graphische Betriebe, Einsiedeln
ISBN 3 545 36347 3

ERSTER TEIL

Dezember 1974 – Februar 1975

14. Dezember 1974

Von den Scheinwerfern geblendet, hat sich der Hase unter die Räder meines Wagens geworfen. Ich habe gehört, wie die Knochen brachen. Jetzt liegt er auf der Straße, zerquetscht, blutig, wird von anderen Autos überrollt. Ein Balg, Blut, Eingeweide. Ich habe ein lebendiges Wesen getötet.
Warum hat er mir das angetan, dieser Hase, warum? Ich schimpfe leise vor mich hin: Du Idiot, du dummes Vieh, mußtest du ausgerechnet in diesem Augenblick über die Straße rennen? Die Tränen machen mich blind. Ich weine, bis ich in Vesenaz bin, und jetzt richtet sich meine Wut gegen mich selbst: Ich hasse diese Gefühlsduselei, ich finde diese Tränen schrecklich. Jahrelang habe ich nicht mehr geweint. Warum denn jetzt plötzlich?
Nicht nur dieser Mord im Morgengrauen ist schuld, bestimmt nicht. Da ist auch das Gefühl, alt zu werden, die Angst – jetzt, da es schon so spät ist –, das Wesentliche im Leben verpaßt zu haben. Und dann Gilliane, so selbstsicher, so ungebärdig oft, so stürmisch darum bemüht, mich aus ihrem Leben zu verbannen: Sie ist erst elf, aber sie wünscht sich nichts sehnlicher, als sich von mir zu lösen, ihre Zeit mit anderen zu verbringen, bald wird sie einen Freund haben, und ich werde sie kaum mehr sehen, ich werde auf sie warten müssen, ich werde Nächte nur mit Warten verbringen. Mein Leben wird in

Zukunft nur noch das sein: warten auf Gilliane. Meine Tränen fließen.
Und dann das: Ich kann nicht mehr schreiben. Ich habe so lange nicht mehr geschrieben. Diese Freude früher. Die Worte kamen einfach, gehorchten mir, fügten sich aneinander, die Personen, die ich erfand, wurden lebendig. Ich stürzte sie in Abenteuer, die wirklicher waren als mein eigenes Leben. Und diese Gewißheit, daß es sich lohnte, daß ich etwas zu sagen hatte, das andere nicht sagen konnten, oder wenigstens nicht auf dieselbe Weise. Übrigens stellte sich mir die Frage gar nicht, warum ich schrieb, wer meine Sachen lesen würde. Ich kümmerte mich gar nicht darum. Ich schrieb, das genügte mir. Und wunderbarerweise haben die Leute meine Bücher wirklich gelesen, sie oft auch gut gefunden. Aber jetzt glaube ich nicht mehr daran. Es gibt so viele Schriftsteller. Ich weiß das so gut, weil ich es bin, die sie seit Jahren am Mikrofon reden läßt. Schließlich haben sie geschrieben, nicht mehr ich. Ich beschränke mich aufs Sprechen. Von ihnen spreche ich, von ihren Werken.
Eine Zeitlang habe ich wenigstens geglaubt, daß ich diese Arbeit besser mache als andere, vor allem, weil mir das Handwerk des Schreibens vertraut war. Aber diese Gewißheit habe ich nun auch nicht mehr. Irgendein Neuling unter den Journalisten bewältigt das ebenso gut wie ich, manchmal noch besser. Jedenfalls hat man mir das zu verstehen gegeben. Es ist hart, in einem

Unternehmen zum alten Eisen zu gehören. Die jungen Wölfe haben scharfe Zähne.
Ich kann also nicht mehr schreiben, und ich bin mir auch meiner beruflichen Fähigkeiten nicht mehr so sicher. Was bleibt mir denn? Gilliane, die oft so aggressive, feindselige Gilliane. Sie wird mich sehr bald nicht mehr nötig haben. Gilliane entgleitet mir. Immer wieder komme ich auf Gilliane zurück. Das Schreiben, die Arbeit, das Älterwerden, all das spielt eine Rolle, gewiß. Aber mein Hauptproblem ist Gilliane. Ich habe in letzter Zeit entdeckt, daß man nur durch sein Kind die eigene Kindheit wiederfindet. So lange war sie begraben, besänftigt, fast vergessen, oder dann verändert, in Büchern neu erschaffen, befreit nur in der Phantasie.
Und plötzlich ist sie wirklich wieder aufgetaucht, wieder lebendig.

Das kleine Mädchen, das zwanzig Jahre nach der Jahrhundertwende geboren wurde, war so brav: nur niemandem Kummer bereiten, die anderen nicht stören, die Aufmerksamkeit nicht auf sich ziehen. Höflich sein, guten Tag Monsieur, merci Madame. So gut erzogen. Sie lächelte, wenn es sich gehörte, sie nahm sich zusammen und wurde nie laut in der Öffentlichkeit. Außer damals, am Tag des Schmetterlings.
Ich erinnere mich sehr gut an diesen Tag. Ich war vier, ich hatte mit einem Netz einen Schmetterling gefangen, es war Sommer, in Gstaad, vor diesem Mittelklasse-

hotel – das aussah wie ein großes Chalet –, in dem wir wohnten. Ich wollte diesen Schmetterling behalten, er würde sterben, aber das war mir gleichgültig, ich würde ihn auf eine Nadel spießen und mich um seine Leiden gar nicht kümmern. Er war so schön, er gehörte mir, ich würde ihn nicht fortfliegen lassen. Und alle um mich herum, mein Vater, meine Mutter, meine Cousine und der Hoteldirektor, dem ich den Übernamen «Krauskopf» gegeben hatte, alle verlangten von mir, daß ich meinen schönen Schmetterling wieder freilasse, daß ich auf ihn verzichte. Ich habe vor allen Leuten geweint, ich habe geschrien, vor Wut gestampft. Wenn ich mich heute, nach fünfzig Jahren, so genau daran erinnere, so auch deshalb, weil das ein sehr schlimmes Vergehen war. Das vorbildliche kleine Mädchen wagte es, sein wahres Ich zu zeigen, heftig zu sein, besitzergreifend, grausam, dieses kleine Mädchen, das sonst so ruhig und bescheiden war, verlor jede Beherrschung, jede Haltung, machte «ein Theater». Eigentlich hätte ich aus dieser Begebenheit lernen sollen. Ich war launisch gewesen, unausstehlich, ich wurde streng getadelt, und dennoch hat man mich nicht verlassen. Denn diese Angst, verlassen zu werden, wenn ich dem Bild nicht mehr entsprechen würde, das man sich von mir machte – nur diese Angst und nicht meine Tugendhaftigkeit –, brachte mich dazu, so höflich zu sein, so gefügig und scheinbar so sanft, meine ganze Kindheit hindurch. Woher kam diese Angst? Warum war sie so groß, so zwingend?

Wenn ich die Augen schließe, so kann ich manchmal, weit zurück, am Grund all der verflossenen Jahre, das kleine Kind sehen, das ich einmal war. Ich sehe es, an das Gitter seines kleinen Bettes gebunden, im Dunkeln weinen. Niemand kommt. Die Hausangestellte, die «Magd», der man mich anvertraut hat, ist ausgegangen. Das Haus ist leer. Ich schreie in der Finsternis. Umsonst. Ich bin allein. Sie sind alle weggegangen und werden nie mehr wiederkommen. Vielleicht habe ich ausgerechnet an jenem Nachmittag etwas angestellt, habe auf irgendeine Weise meinen Eltern mißfallen. Deshalb haben sie mich verlassen. Wenn sie je wiederkehren, so habe ich nur eine einzige Möglichkeit, sie bei mir zu halten, ich muß sehr sehr lieb sein, sehr gehorsam sein und sie nie mehr ärgern.

Lange Zeit habe ich dieses Benehmen durchgehalten, fast ohne je nachzulassen. Aber auch ohne mich jemals ganz sicher zu fühlen.

Später, als diese Angst sich oft auf fast krankhafte Weise gezeigt hatte (ich geriet in Panik, sogar tagsüber, wenn ich die Person, deren Obhut ich anvertraut war, auch nur einen Moment aus den Augen verlor), fand es mein Vater an der Zeit, Arlette in mein Leben treten zu lassen.

Meine Mutter behauptet zwar, er hätte nur ein einziges Mal von ihr gesprochen. Aber wenn ich auf meine Kindheit zurückblicke, so scheint mir, Arlette sei immer dagewesen. Arlette, erzählte mein Vater, sei ein kleines

Mädchen in meinem Alter, das zu ihm zur Zahnbehandlung gekommen sei. Man könne sich unmöglich ein liebenswürdigeres, freundlicheres Kind vorstellen als Arlette, fügte er hinzu. Es lag auf der Hand: Wenn ich nicht lieb war, würde man einfach tauschen. Man würde mich Arlettes Eltern geben, und Arlette würde an meiner Stelle bei uns wohnen.

Wenn ich jetzt diese Zeilen noch einmal durchlese, so muß ich mir eingestehen, daß sich das alles gar nicht so zugetragen haben kann, daß mein Vater, der ein guter Mensch war und mich auf seine Weise liebte, zu einer solchen Grausamkeit gar nicht fähig gewesen wäre. Aber nach diesen vielen Jahren sehe ich das alles immer noch so, so habe ich es erlebt, das habe ich gefühlt: Ich glaubte wirklich, daß mir Arlette die Liebe meiner Eltern, mein Zimmer, meine Spielsachen rauben würde, wenn ich mich nicht tadellos benähme, so tadellos wie sie. Sie wurde zu einem Idealbild: hübsch, gescheit, lebhaft, zu Späßen aufgelegt, und sie bohrte nie in der Nase. Ich haßte mich, weil ich ihr so wenig glich.

Arlette. Die wunderbare Arlette.

Die es gar nicht gab. Ich habe erst viel später erfahren, daß mein Vater sie erfunden hat. Aber es gab sie doch, mein ganzes Leben lang gab es diese Frauen, vor denen ich am liebsten in den Boden versunken wäre, weil ich mich ihnen so unterlegen fühlte, all diese geistreichen, brillanten Frauen, all diese schönen und eleganten jungen Mädchen, die, das war doch ganz natürlich, die

Männer, die ich liebte, mir eines Tages vorziehen würden.

Und wer weiß, vielleicht ist Arlette auch schuld daran, daß es mir manchmal so weh tut, wenn ich sehe, wie Gilliane so ganz anders ist als das kleine Mädchen, das ich einmal war.

«Das ist wirklich Scheiße», sagt sie und sieht mir in die Augen. Sie benimmt sich absichtlich schlecht, sie kleidet sich nachlässig, und noch nie habe ich so schlecht geschnittene Haare gesehen.

«Sieh mal, wenn man sie auf dieser Seite ein bißchen schneiden würde, wären sie regelmäßiger, das sähe hübscher aus.»

«Das ist mir doch schnuppe, ich lasse sie so, mein Haar geht niemanden was an.» ... «Es ist kalt, zieh Strumpfhosen an.» – «Ich bin groß genug, ich weiß selbst, ob es kalt ist oder nicht. Du brauchst mir nichts zu sagen.»

In mir diese zwiespältigen Empfindungen: einerseits: Bravo, das ist genau das, was man antworten sollte, mach nur so weiter, laß dich nicht gängeln – und gleichzeitig das Gefühl, daß sie auf meiner eigenen Kindheit herumtrampelt, daß sie daraus etwas vollkommen Absurdes macht.

Diese Strümpfe, die auf der Haut juckten und die man mit langen Gummibändern mit Knopflöchern an diesem komischen Kleidungsstück befestigte, dem «Gstältli», das, im Rücken zugeknöpft, einem den Brustkorb zusammendrückte. Ich sehe mich jetzt noch: Ich sitze auf meinem Bett, ich knöpfe mein «Gstältli» mit einigen Verrenkungen zu, und ich fürchte schon jetzt den Augenblick, da ich die schrecklichen Wollstrümpfe anziehen muß, deren Berührung ich kaum ertrage – ich fühle noch jetzt dieses Schaudern auf meiner Haut. Und dieses Kleid in «Champagnergelb», dessen Stoff auch juckte (offenbar juckten oder kratzten zu jener Zeit fast alle Textilien, und das nur, um kleinen Mädchen das Leben schwerzumachen), und dieser großkarierte Mantel, in dem ich mir so linkisch und lächerlich vorkam, und diese Baskenmützen, bei denen ich nie wußte, ob der Rand umgekrempelt werden sollte oder nicht (sie sahen auf jeden Fall häßlich aus).

Als später einmal einige von uns die unvorstellbare Kühnheit hatten, diese Baskenmützen schräg statt gerade auf den Kopf zu setzen, erklärten uns die alten Fräuleins der kleinen Schule in strengem Ton, wie provozierend und unwürdig dies sei und daß sie von uns erwarteten, daß wir unsere Kleidung in Ordnung bringen und uns wie «anständige Mädchen» aufführen würden.

Gilliane, das ist selbstverständlich, geht in die öffentliche Primarschule. Ich besuchte den Unterricht in jener kleinen Privatschule in der Altstadt, die seit Generationen bei den Mitgliedern der guten Genfer Gesellschaft bekannt ist. Dort herrschte strengster calvinistischer

Geist. Jeder Tag begann mit einem Choral, und die Pausen verbrachten wir in dem «Jardin des Bastions» unter den unerbittlichen Blicken der Reformatoren. Wie kann man spielen, wenn Calvin, und sei er auch nur aus Stein, einen überwacht?
Zu dieser Zeit entwickelte ich, das kleine wohlerzogene Mädchen («freundliche Schülerin, deren vorbildliches Betragen uns Freude macht», schrieb die Lehrerin in der dritten Klasse in mein Zeugnis), meine Vorliebe für Lausejungen. Das war eine Möglichkeit, gewissermaßen durch einen Stellvertreter, doch ich selbst zu sein. Ich erinnere mich sehr genau – obschon es doch sonst viele Lücken in meiner Erinnerung gibt – an meinen ersten Tag in dieser vorbildlichen Schule. Ich sitze in der ersten Reihe, und ganz hinten in der dritten, bei der Türe, sind zwei blonde Jungen, einer hat einen kurzen Bürstenschnitt, der andere trägt das Haar lang, so daß er dem kleinen Lord Fauntleroy ähnelt. Eine der alten Direktorinnen ist eingetreten (an jenem Tag trägt sie einen schwankenden hohen Hut), sie steigt zum Lehrerpult hinauf, sagt einige Begrüßungsworte und fügt, an die beiden blonden Buben gerichtet, hinzu: «Pierre und Philippe, ich hoffe, ihr beginnt dieses Schuljahr in guter Verfassung, so daß wir mit eurer Leistung und eurem Benehmen endlich zufrieden sein können.» Ich weiß nicht mehr, ob sich der Skandal mit Pierre, dem Pagen mit dem langen Haar, in jenem Jahr ereignete. Er hatte ein Mädchen in ein Klassenzimmer eingesperrt

und, so flüsterte man sich zu, sie dazu gezwungen, ihre «Hosen herunterzulassen». Aber ich weiß sehr gut, wie ich alle beide, Pierre und Philippe, voller Bewunderung in mein Herz schloß. Und Philippe, den Faulpelz, den Schelm, machte ich, die Klassenbeste, zu meinem Vertrauten, meinem besten Kameraden.

Ähnlich war es mit Alfred, dem Neffen der Concierge. Ich spielte mit ihm und mit anderen Kindern aus dem Quartier, und ich interessierte mich nicht besonders für ihn. Aber eines Tages kam Alfred nicht mehr zu seiner Tante. Was war geschehen? Allmählich kam die schreckliche Wahrheit ans Licht: Alfred war ein Lügner, er hatte seine Tante belogen, seine Eltern, seine Lehrer, jeden. Plötzlich gehörte Alfred zu den Verdammten. Und von da an war er für mich wichtig, bekam er eine geheimnisvolle Würde, so etwas wie einen schwarzen Heiligenschein. Ich habe ihn nie wiedergesehen, aber ich habe oft an ihn gedacht, und all die Jahre hindurch ist mir sein Name, die Erinnerung an ihn im Gedächtnis geblieben: «Alfred-der-es-wagt-zulügen.» Ich bin ihm wiederbegegnet, in anderen Gesichtern, unter anderen Namen, wie einem Bild von dem, was ich eigentlich sein wollte, was ich bestimmt geworden wäre, wenn ich nicht Angst davor gehabt hätte, verlassen zu werden.

Ich habe erst sehr spät lügen gelernt. Meine Mutter jedenfalls konnte ich lange nicht anlügen, denn sie zu verlieren fürchtete ich am meisten. Ich erinnere mich:

Ich war sechs oder sieben Jahre alt. Wieder in der deutschen Schweiz in den Ferien, in Engelberg diesmal, in der Nähe von Luzern. Auf der Reise saß ich mit meiner Mutter auf dem hinteren Sitz und sah, daß sie, obschon ich doch vermutete, daß sie nicht sehr fromm war, die Hände auf den Knien gefaltet hielt. Betete sie? Wie konnte ich das herausfinden? Ich versuchte, an andere Dinge zu denken, aber es ließ mir keine Ruhe. Um so mehr, als meine Mutter still war, sich zu sammeln schien. Ich mußte unbedingt ein Mittel finden, um mir Klarheit zu verschaffen. Ich habe mir gesagt: Wenn meine Mutter wirklich betet, antwortet sie mir nicht, wenn ich sie etwas frage. Ich muß sie also irgend etwas fragen, und dann weiß ich, woran ich bin. Ich habe die Frage vergessen, es war bestimmt etwas Nichtssagendes wie: «Wann sind wir dort?» Oder: «Wieviel Uhr ist es?» Natürlich hat mir meine Mutter geantwortet, wie immer. Jetzt war ich also sicher: sie betete nicht. Schluß, alles klar? Nein, das wäre zu einfach gewesen. Denn da war noch mein Gewissen. Calvinistisch oder nicht, es begann mich zu quälen: Ich hatte meine Mutter auf schändliche Weise getäuscht, ich hatte sie belogen, indem ich ihr eine Scheinfrage gestellt hatte, ich hatte ihr Vertrauen mißbraucht. Wie konnte ich weiterleben mit einer solchen Schuld? Einige Tage vergingen, ich weiß nicht mehr wie viele, eines Morgens im Hotel kam meine Mutter an mein Bett und umarmte mich: «Mama, ich muß dir etwas sagen, ich habe ein Geheimnis.» Was erwartete sie, was stellte sie sich vor? Ich glaube, sie musterte mich leicht beunruhigt. Und dann diese dürftige kleine Geschichte: «Ich habe geglaubt, du betest, da habe ich dich gefragt...» Ich bin nicht einmal sicher, ob sie begriffen hat, weshalb ich mir wegen einer solchen Kleinigkeit Gedanken machte. Die Art, wie sie mich beruhigte, so als wäre das, was ich ihr gestanden hatte, kaum von Bedeutung, hat mich ein wenig gedemütigt. Aber ich war so erleichtert! Wie klar war alles wieder! Endlich konnte ich die Ferien genießen.

Gilliane kann sehr gut lügen. So schirmt sie ihre Persönlichkeit gegen außen ab, so schützt sie ihre innere Welt. Die Erwachsenen sollten nicht solche Geschichten machen, wenn Kinder lügen. Jeder verteidigt sich auf seine Weise. Ich schirmte mich ab, indem ich träumte, schrieb, mich in eine eigene kleine Welt zurückzog, mir unausstehliche kleine Mädchen erfand (meine ersten Heldinnen, Mimi und Noemi, waren zwei Gören, die sich dauernd an den Haaren zerrten und – o großartiger Schrecken – während des Essens furzten), oder dann Räuber (Aucensio, der Schrecken der Pampa) oder auch nette kleine Jungen, die mit ihrer Familie, mit Mama und Papa, Züge überfielen und beraubten und von den Passagieren Lösegeld erpreßten.

Ich konnte nicht lügen, und ich wagte kaum, meine Ansichten und Vorlieben geltend zu machen, aus Angst, andere zu verletzen, die sie nicht teilten. Vor allem meine Mutter. Das zeigt auch die Geschichte mit dem Bauklotz.

Ich war sechs und hatte Scharlach. Ich mußte in meinem Zimmer in Quarantäne bleiben, unter der Aufsicht von Schwester Rosa, einem Drachen aus der Deutschschweiz, die einen Schnurrbart hatte und mich quälte. Meine Mutter stattete mir jeden Abend einen kurzen Besuch ab, ungeachtet der Ansteckungsgefahr und der Warnungen des Arztes. Ich sehe das Zimmer wieder, voller Schatten, mein Bett rechts, die Tür, Schwester Rosa und diese großen Teller mit Milchreis, der mir Brechreiz verursachte – wenn ich erbrochen hatte, zwang mich die Schwester weiterzuessen. Nur einmal täglich wurde alles heller, der Alptraum erträglicher. Meine Mutter war da, ganz nah an meinem Bett, mit ihrer weichen Haut und ihrem Duft. Und eines Tages hatte ich mit Bauklötzchen einen Dorfplatz gebaut: Häuser im Kreis um einen Brunnen.

Mir scheint, dieser Brunnen wäre viel schöner, wenn du diesen Klotz so stellen würdest, sagte meine Mutter. Schau mal!

Was war mit mir los? Was packte mich? Dieser Klotz war mir doch gleichgültig, was zählte, war doch nur, daß meine Mutter da saß, zufrieden mit ihrem freundlichen und sanften kleinen Mädchen.

Nein, ich möchte ihn lieber dort, wo ich ihn hingetan habe, sagte ich trocken und legte den Klotz wieder zurück.

Die Tragödie begann erst, als meine Mutter weg war. Und sie dauerte bis zum Abend des nächsten Tages, bis sie wiederkam. Wenn sie überhaupt wiederkam! Ich hatte sie doch verärgert, ich hatte ihr Kummer bereitet, weil ich ihre Meinung nicht respektierte, sie war gedemütigt, traurig. Wie weiterleben, wie diese unendlich langen Stunden durchstehen bis zu dem Augenblick, da sie mir vielleicht verziehen hätte und wiederkommen würde? Die Krankenschwester begriff die Verzweiflung ihrer kleinen Patientin nicht, die Tränen, die an diesem Tag so reichlich flossen. Ein launisches, verwöhntes Kind. Sie wiederholte das oft und schüttelte dabei den Kopf. «Man sieht, daß du ein Einzelkind bist», fügte sie hinzu, und ich fühlte mich schuldig, weil ich weder Bruder noch Schwester hatte.

Seltsamerweise erinnere ich mich nicht an meine Erleichterung, als die Mutter am nächsten Abend wieder kam. Nicht an unsere Versöhnung. Mein Gedächtnis, so merke ich, löscht oft die glücklichen Erinnerungen.

Als Gilliane zwischen ein und zwei Jahre alt war, verweigerte sie das Essen. Sie hatte begriffen, daß sie, indem sie ihren Mund nicht aufmachte, Macht über uns hatte. Sie mißbrauchte diese Macht und zwang uns zu den seltsamsten Dingen: Wir spielten Clown, wir jonglierten, erfanden Spiele mit Gegenständen, die dauernd erneuert werden mußten, denn sie wurde ihrer schnell überdrüssig: Puppen, von denen eine in der anderen verschwinden konnte, Klötzchen, die sich um eine Achse drehten, Bilderbücher und was weiß ich noch alles. Aber ihr Widerstand zeigte sich nicht nur bei den

Mahlzeiten. Den ganzen Tag über gab sie uns zu verstehen, daß sie ihren Kopf durchsetzen würde. Sie wiederholte zum Beispiel ganz langsam, und indem sie uns unverwandt ansah, die Geste, die wir ihr gerade verboten hatten – das Hütchen auszuziehen etwa, oder einen Gegenstand in den Mund zu nehmen. Wenn ihr Vater kam, um zu sehen, weshalb ich mich aufregte, so schrie sie ihm in ihrer Sprache, die lange sehr eigenartig blieb, entgegen: «I cacon Anna.» Und das hieß für die Eingeweihten: «Lies auf dem Balkon, Papa.» Im Klartext: «Laß uns in Ruhe.»

Vor ein paar Tagen:

Gilliane, ich möchte, daß du nicht mehr so spät nach Hause kommst. Ich sehe dich fast nie.

Bald bin ich groß, dann siehst du mich überhaupt nicht mehr.

Wer ist im Recht? Nicht das kleine Mädchen mit dem Bauklotz, das weiß ich sehr gut.

15. Dezember 1974

Wenn mich jemand in diesem Augenblick nach meinem größten Wunsch fragen würde, würde ich ohne zu zögern antworten: Ein Zimmer für mich allein. In dieser viel zu kleinen Wohnung träume ich seit Jahren von einem Zimmer, das wirklich nur mir gehört. Ich habe es in Gedanken schon eingerichtet: ein Diwan, eine große Bibliothek, in der endlich Platz für all die Bücher wäre, die ich gern habe und die ich im Estrich verstauen mußte, eine Stereoanlage und, natürlich, ein Pult, an dem ich – wer weiß – endlich wieder richtig zu schreiben beginnen würde.

Eigentlich möchte ich mein Zimmer aus meiner Junggesellenzeit wiederhaben. Heiraten bedeutet nicht nur, auf seinen Namen verzichten – wenn man eine Frau ist jedenfalls –, sondern auch auf einen Ort, an dem man sich selbst wiederfinden, die andern ausschließen kann, in seiner eigenen Unordnung, seinem Geruch, seinen Gedanken leben kann. Erzwungene Nähe, Platzmangel, die Unmöglichkeit, Distanz zu halten, das alles tötet die Liebe ebenso wie die Gewohnheit. Es gäbe bestimmt weniger Scheidungen, wenn die Wohnungen, statt nur vier, acht Zimmer hätten. ...

Weil unsre einfach zu klein ist, als daß für mich darin ein Zimmer übrigbliebe, habe ich mein Bett ins Wohnzimmer gestellt, neben mein Pult. Hier habe ich mir eine Art Enklave geschaffen, einen Zufluchtsort. Und es ist kein Zufall, daß ich hier wie früher wieder vor meiner Schreibmaschine sitze.

Gilliane war heute sehr lieb. Am Morgen hat sie sich an mein Bett gesetzt und mir Lieder vorgesungen. Zuerst alte Seemannslieder, dann Weihnachtslieder (die Jungfrau Maria mit ihrem Kind) und zuletzt diese unanständigen kleinen Liedchen, die sie in der Schule hört und deren grobe Anzüglichkeiten sie offenbar erheitern.

Jetzt ist sie bei einer Freundin. Ich werde sie nicht vor dem Abend wiedersehen. Sie wird angerannt kommen, wie immer mit ein wenig Verspätung: «Salut, Pap, wie gehts?» Die unbekümmerte Art, mit der sie ihre Beziehung zu ihrem Vater gestaltet, so von gleich zu gleich, überrascht mich immer wieder. Man spürt, daß sie ganz sicher ist, daß sie ihn nicht zu fürchten hat: er wird ihr nie weh tun.

Hat sie ein Glück.

Ich habe sehr früh gelernt, vor meinem Vater Angst zu haben, vor seinem Schweigen, seinen unvermittelten Wutausbrüchen. Vor seiner Gewalttätigkeit oft. Und jetzt, da ich versuche, mir dies alles in Erinnerung zu rufen, ist da auch die Versuchung, alles zu verdrängen. Die Worte fehlen mir. Ich habe nie von ihm gesprochen. Von dreizehn bis dreißig habe ich Hunderte von Tagebuchseiten vollgeschrieben: nie ist die Rede von ihm, obschon er doch in meinem Leben so sehr im Mittelpunkt stand. Wenn ich jetzt, zehn Jahre nach seinem Tod, versuche, ihn mir vorzustellen, entgleitet er mir, und alles verschwindet im Nebel. Es war ein langer Weg für ihn von seinem Tal in der Innerschweiz bis zu der Zahnarztpraxis am Boulevard des Philosophes Nr. 17, in Genf. Ein viel zu langer Weg, das weiß ich heute. Als er noch lebte, dachte ich kaum an seine Herkunft. Man erwähnte sie besser nicht, so schien mir. Dieses kleine Dorf im Glarnerland, diese Großeltern, die nicht einmal Französisch konnten, der Großvater ein Bauer, der in der «Stube» in einen mit Sägemehl gefüllten Napf spuckte, diese Suppenteller voller Schlagrahm, in die jeder seinen Löffel tauchte, das alles lastete als Bürde auf meiner Familie, und nur meine Mutter mit ihrer österreichisch-ungarischen Herkunft war für mich davon ausgenommen. Auf ihrer Seite war dagegen diese faszinierende Stadt Wien, woher mein Großvater Ende des neunzehnten Jahrhunderts gekommen war. Da gab es gediegen möblierte große Wohnungen, da gab es festlichen Glanz. Doch wegen dem Haus in Luchsingen, dem Beruf, den mein bäuerlicher Großvater früher ausgeübt hatte und von dem man nur hinter vorgehaltener Hand sprach (Metzger soll er gewesen sein, so jedenfalls glaubte ich verstanden zu haben), konnte sich eine höhere Tochter, Schülerin der «école Brechbühl», zu Tode schämen.

Erst in den letzten Monaten habe ich zufällig mehr über diese Verwandtschaft erfahren, die ich so erfolgreich aus meinem Bewußtsein verdrängt habe. Mein Vater allerdings, in seinem hoffnungslosen Bemühen, sich dem Leben der Genfer Bourgeoisie anzupassen, tat das noch vielmehr.

Jetzt weiß ich, daß mein Großvater eines schönen Tages im Jahre 1885 den kleinen Ort Schattdorf im Kanton Uri verließ, zu Fuß den Klausenpaß überquerte und sich mit zwei Brüdern und einer Schwester in Glarus ansiedelte, wo er zuerst als Fabrikarbeiter lebte. Aber in wenigen Jahren gelang es diesem kleingewachsenen

Mann, an dessen lebhafte, schlaue Äuglein ich mich erinnere, seine Situation erheblich zu verbessern. Er besaß bald eine Metzgerei und erwarb sich ein nettes kleines Vermögen. Dann – paradoxerweise – waren die Deutschschweizer Großeltern reich und deshalb auch mächtig. Sie beherrschten in dieser Beziehung meinen Vater, der immer in Geldnöten und dauernd in irgendwelche komplizierten Geschichten verwickelt war, etwas, das bestimmt keinem andern Zahnarzt auf der Welt passierte. Das Geld, die Hoffnung, etwas geliehen zu erhalten, war denn auch jeweils der Grund für unsere seltenen Besuche in Luchsingen. Mich nahm man mit, um die zwei alten Leute milde zu stimmen, obschon ich nicht mit ihnen sprechen konnte. Natürlich war ich dort besonders brav und bescheiden, zurückhaltend und darauf bedacht, nichts zu tun, was ihnen mißfallen könnte. Ich schluckte den Schlagrahm hinunter, auch wenn mir davon schlecht wurde, und begleitete Vater und Großvater in Kneipen, die von Rauch und Flüchen erfüllt waren. All das ertrug ich widerwillig, gedemütigt in meinem Namen und dem meiner Eltern. Aber eines Tages, so erzählte man mir, würden wir einen großen Teil von Großvaters Geld bekommen, und dann hätten wir keine Sorgen mehr, dann würden wir endlich aufatmen können. Meine Großmutter war älter als der Großvater und starb 1933. Und in den folgenden fünf Jahren hat der Großvater mit den schlauen Äuglein alles Geld, das er im Laufe der Jahre erworben hat, verschleudert. Nur damit seine Söhne bei seinem Tode keinen Rappen erben würden. Und sie haben in der Tat nichts bekommen – weder mein Onkel, der in der Gegend von Klosters Silberfüchse züchtete, noch mein Vater, der die Zähne der Genfer flickte, der zwar ein sehr guter Zahnarzt war, aber es nicht verstand (oder vielleicht auch nicht verstehen wollte?), das Geld «hereinzubringen»; oft bezahlten seine Patienten einfach nicht oder dann viel zu spät und in lächerlich kleinen Raten. Er hatte nie Ruhe, eine Meute von Gläubigern war ihm ständig auf den Fersen, und natürlich das Betreibungsamt dort oben, auf dem Hügel, neben der «Cathédrale de Saint-Pierre». Und trotz allem empfing er seine Patienten stets mit einem Lächeln, plauderte mit ihnen, hörte ihnen zu. «Ich habe nie mehr einen Zahnarzt wie ihn gefunden», sagte mir erst kürzlich eine seiner früheren Patientinnen. Und dabei war er fast bis zu seinem Lebensende ständig von Sorgen gequält.

Und doch stimmt das glücklicherweise nicht ganz. Die «Hochkonjunktur» brachte auch ihm einige Jahre, in denen er aufatmen konnte, es waren seine letzten. Er war alt, schon krank, ich hatte mein Elternhaus verlassen, um zu heiraten, alles war vorbei. Es war zu spät. Und wie er sein Leben lang hart gearbeitet hatte, ungeachtet all der Schwierigkeiten und Ängste, zwang er sich auch in dieser letzten Zeit dazu, jeden Tag in die Praxis zu gehen, in stetem Kampf gegen die Krankheit, die ihn zermürbte und die er nicht wahrhaben wollte. Er ging sehr früh am Morgen weg, kam spät abends nach Hause, hatte immer größere Schwierigkeiten beim Gehen. Bis zu dem Tag, da er nicht mehr konnte, da er sich in einem der Säle der allgemeinen Abteilung im alten Spital ins Bett legte, um sechs Wochen später zu sterben. Er war so abgemagert, daß er aussah wie einer, der aus einem Konzentrationslager kam, aber er fuhr fort, die Wahrheit zu leugnen, denn seine letzten Worte, bevor er bewußtlos wurde, waren: «Es ist unglaublich.» Er wollte nicht an seinen Tod glauben. Ich auch nicht. Er war doch so groß, so stark, so eindrucksvoll gewesen: er konnte nicht sterben. Oder jedenfalls konnte er das nicht, ohne daß irgend etwas seinem Leben doch noch einen Sinn gegeben hätte, seinen Anstrengungen, seinen Leiden. Ich habe bis zum letzten Augenblick darauf gewartet. Auf irgend etwas: ein Wort, ein Zeichen, ein Wunder. Nichts geschah. Er starb im Morgengrauen des 31. Dezember 1964. Jetzt arbeitet ein anderer Zahnarzt am Boulevard des Philosophes, Nummer 17. Ein goldglänzendes Schild mit einem anderen Namen ist dort angebracht, wo seines war.

Ich erinnere mich an ihn, wie er war, als ich sehr klein war, bevor die Zeit meiner Ängste begann. In den Ferien, in einem Hotelzimmer. Er spielt mit mir: Er versteckt kleine Gegenstände in Packpapier, und während ich die kleinen Päckchen öffne, sagt er: «Wir wollen mal sehen, was da drin ist.» Ich erinnere mich an den Duft seiner Rasierseife, ein Duft, den ich gerne mag. Später erinnere ich mich, wie ich auf ihn gewartet habe, mit meiner Mutter zusammen, Stunde um Stunde. Manchmal mittags, aber meistens am Abend. Er hatte die Gewohnheit, sich mit Freunden zu verspäten. Wir sind in der rue Saint-Jean, gegenüber der Schule. Meine Stirn gegen die Fensterscheibe gepreßt. Wir warten, wir versuchen das Motorengeräusch seines Wagens auszumachen. Küchengerüche aus den benachbarten Wohnungen, Stimmen aus dem Radio dringen durch die Wände. Die düstere Silhouette der großen Schule vor uns und die schlecht erleuchtete Straße. «Aber was macht er denn nur?» fragt meine Mutter. Dieses Gefühl der Machtlosigkeit, das ich, verloren in der Welt der Erwachsenen, empfinde. Man hört einen Motor dort unten, beim Pont des Délices, ein Auto nähert sich. Er ist es nicht, wieder nicht. Das Warten beginnt von neuem. Manchmal, wenn ihr endlich die Geduld ausgeht, schlägt meine Mutter vor, ohne ihn zu essen. Klumpen im Magen, die Bissen, die man nicht runterbringt. Die Nacht, die auf mir lastet. Eine feindselige Nacht. Ich fliehe. Ich erfinde eine freundliche Welt, in der ich alles zu meinem Besten regeln kann. Einen Mann – Freund, Vertrauter, großer Bruder, eine Schulter, an die ich mich lehnen kann – jemand, der mich schützt gegen die Angst.

Dieses Warten nahm kein Ende, jahrelang. Ich wurde größer, aber ich glaube nicht, daß es dadurch weniger beängstigend geworden ist. Während des Krieges lauern wir auf ein Fahrrad am Grange-Canal. Später auf das Tram. Es fährt, bevor es anhält, vor unserem Haus vorbei, und fast jedesmal gelingt es uns, hineinzusehen und herauszufinden, ob mein Vater darin ist. Meistens ist er nicht drin. Das Tram fährt wieder weg. In zehn Minuten wird das nächste kommen. So angstvoll das Warten im Winter ist, es wird noch schlimmer an diesen schönen Sommerabenden, wenn alles duftet, die Luft voll unbeschreiblicher Süße ist, die Ahnung von Glück, dieser Friede, der sich über die Straße senkt und über die Häuser, wo die Leute in ihren Wohnungen schon gegessen haben – und jetzt auf den Balkonen und an den Fenstern die Kühle genießen. Ein stilles Fest, von dem wir ausgeschlossen sind, eine trügerische Süße, für uns schwer von schlimmen Ahnungen. «Jetzt warten wir noch das nächste Tram ab, und dann essen wir», sagt meine Mutter. Wie viele Mahlzeiten haben wir so widerwillig verzehrt und sind dabei jedesmal aufgeschreckt, wenn wir hörten, wie der Lift sich in Bewegung setzte. Er hält im zweiten Stock, also ist es wieder nicht der Vater.

Aber schließlich kommt er doch immer. Manchmal um neun, manchmal um halb zehn oder sogar um zehn. Er erträgt die stumme Mißbilligung meiner Mutter nicht. Ich weiß, daß jetzt ein Wort, eine Bewegung, ein gewisses Schweigen genügt, damit das Gewitter sich entlädt. Die Luft ist elektrisch geladen. Verhaltene Wut füllt das Zimmer. Was ich auch tue, sie wird irgendwo

ausbrechen. Das ist nun ein anderes Warten. Viel unerträglicher noch als vorher. Und dann die Wörter, die zusammenprallen, immer verletzender, Wörter, die töten könnten, wenn sie die Kraft dazu hätten.
Da stehe ich, zwischen ihnen, und sehe zu, wie sie sich gegenseitig zerfleischen. Manchmal geht das lange so weiter. Als ich noch klein bin, schickt man mich ins Bett, aber ich kann nicht schlafen: Ich stehe gleich hinter der Tür meines Zimmers, die ich ganz leise ein wenig geöffnet habe und lausche zitternd auf die immer wiederkehrenden Ausbrüche der beiden Stimmen. Als ich älter bin, bleibe ich da, zwischen ihnen, als wenn meine Gegenwart, auch wenn ich schweige, gar nichts tue, noch größere Gewalt als die, die schon entfesselt ist, verhindern könnte.
Als ich wußte, daß ich ein Kind bekommen würde, habe ich mir geschworen, daß wir uns nie in seiner Gegenwart streiten würden, Perceval und ich. Und ich habe beinahe Wort gehalten. Zwei- oder dreimal nur sind wir ein wenig laut geworden, aber Gilliane hat so heftig reagiert, hat so sehr gezeigt, wie sie darunter leidet, daß wir sofort schwiegen. Sie erträgt nicht den zehnten Teil von dem, was ich damals wohl oder übel ertragen mußte. Wenn ich sagte, ihre Kindheit würde die meine in Frage stellen, so zeigt sich, daß sie auch eine Wunde wieder öffnet, die sehr tief ist und eigentlich nie aufgehört hat zu bluten.
Bis zuletzt habe ich meinen Vater eigentlich nur in sei-

ner Zahnarztpraxis richtig kennengelernt. In seinem weißen Kittel, mit diesen sicheren Bewegungen ist er ein ganz anderer Mensch. Wenn er mit meiner Behandlung fertig ist, setzen wir uns an sein Pult, rauchen zusammen eine Zigarette und reden. Sonst hört er nie zu, wenn man etwas sagt, jetzt aber ist er aufmerksam. In den letzten Monaten erzähle ich ihm von jenem kleinen Mädchen, das er nicht lieben konnte, weil ihm die Zeit dazu fehlte: sie setzt sich, sie steht auf, sie geht ganz allein durch die Eingangshalle. Wir sind beisammen, abgeschirmt von all dem, was im Laufe der Jahre unsere Beziehung gestört hat. Ich liebe ihn in diesen Augenblicken ohne jeden Hintergedanken, und heute sehe ich ihn immer wieder so, im weißen Kittel, vor seinem Pult sitzend, mit der langen Zigarettenspitze und diesem etwas unsicheren, aber sehr gütigen Lächeln.
Ich erinnere mich auch an jenen Abend im Jahre 1942 oder 1943. Ich bin während einiger Tage mit ihm allein. Meine Mutter ist schon ins Tessin in die Ferien gefahren, und ich werde ihr bald folgen. Aber ich werde meine Reise in der Gegend von Neuchâtel unterbrechen, um einen Mann zu treffen, der mich dort erwartet. Um meinen frühen Aufbruch zu rechtfertigen, erzähle ich meinem Vater, daß ich in Luzern übernachten werde, damit ich mir diese Stadt, die ich noch nie besucht habe, ansehen kann.
Wir haben Kompott aus schwarzen Kirschen gegessen, ich sitze am Platz meiner Mutter und er in seinem Sessel,

gleich neben dem Radio. Aber an diesem Abend stellt er es nicht an. Ich sehe, wie er sich freut, daß ich Lust habe, Luzern kennenzulernen. Luzern liegt nicht weit entfernt von Glarus und gehört gewissermaßen zu seiner Heimat, eine Stadt, die er gut kennt. Vielleicht vermutet er in meinem Plan, dort einen Aufenthalt einzuschalten, eine kleine Anstrengung, mich seiner Vergangenheit, also ihm zu nähern. Mit einer Begeisterung, die an ihm ungewöhnlich ist, zählt er alles auf, was ich unbedingt sehen sollte. Er beschreibt, nennt Straßennamen, Hotels, Restaurants. «Vergiß die alte Brücke nicht und geh zum Löwendenkmal, wenn du Zeit hast...» Es ist einer der sehr seltenen Augenblicke in unserem ganzen Leben, in denen wir so ruhig miteinander plaudern, wie Freunde, und in denen er sich überhaupt für das interessiert, was ich mache – oder wenigstens zeigt er es jetzt, wo er sich doch sonst immer soviel Mühe gibt, seine Gefühle zu verbergen.

Ich schäme mich, weil dieses gute Einvernehmen auf einem Betrug, einer Lüge beruht.

Nein, Vater, morgen werde ich nicht über die Holzbrücke in Luzern schlendern, ich werde nicht den Löwen bewundern und auch nicht den Gletschergarten besuchen, ich werde auch den Weinmarktplatz nicht sehen. Morgen werde ich mit einem Mann im Bett liegen, von dem ich nicht sicher bin, ob ich ihn liebe. Wie enttäuscht du wärst, wenn du es wüßtest!

Ich bin erst diesen Frühling wieder nach Luzern gegangen, das erste Mal seit diesem längst vergangenen Abend. Ich habe die Brücke überquert, ich bin in der Altstadt spazierengegangen und habe mich auf den kleinen Plätzen umgeblickt. Und ich habe der Reuß zugesehen, diesem grauen, kalten Fluß, der aus den Bergen unserer Heimat, aus dem Kanton Uri, herunterfließt.

16. Dezember 1974

Ich habe heute Gilliane zu Dr. Z. gebracht. Er hat gesagt, sie sei bei guter Gesundheit, aber er hat hinzugefügt: «Glücklicherweise hat sie ihre Kindheit auf dem Land verbracht, sonst hätte sie, bei ihrer Konstitution, leicht ein sehr verschlossenes Kind werden können.» Sie war in der Tat lange Zeit ein sehr schüchternes kleines Mädchen. Fremde Gesichter und Stimmen versetzten sie in Panik, und sie verstummte, wenn sie sich nicht im Kreis der Familie befand. Ich sehe sie vor mir, mit fünf, in den ersten Schultagen. An jenem Morgen hatte sie ein bißchen Verspätung und betrat ganz allein das Klassenzimmer, wo alle andern schon an ihren Plätzen saßen. So klein schien sie, so einsam, die rote Mappe wie einen Schild an sich gedrückt, rückte sie mutig, ihre Angst überwindend in Richtung auf die Gruppe vor.
Ich war auch ein schüchternes kleines Mädchen. Meine Konstitution? Ich weiß nicht. Damals kümmerte man sich wenig um Kinderpsychologie. Niemand war be-

unruhigt, wenn ich meine Geschichten erfand, sie mir dauernd neu erzählte, sie auswendig lernte und sie später auch niederschrieb. Für mich wäre es ein Alarmzeichen, wenn Gilliane sich stundenlang mit ihren Heften in ihrem Zimmer einschließen würde, wie ich das tat. Ich finde es besser, wenn sie mit ihren Kameraden draußen herumrennt, auf den Ponys reitet, an den Spielen, dem Leben der anderen teilnimmt. Ganz selten hat sie auch Geschichten geschrieben, und die sind wunderbar lustig. Zum Beispiel die, die sie wie mein letztes Buch «chemin perdu» (Verlorener Weg) betitelt hatte. Sie erzählte darin von einem Weg, der so unglücklich war, weil sich nie ein Vogel auf ihm niederließ. Aber alles nahm ein gutes Ende, die Vögel sind gekommen, der Weg war kein «verlorener Weg» mehr und die Geschichte schließt mit den Worten: «Und alle waren froh.»

Ich liebte die traurigen Geschichten, mit denen man in den zwanziger Jahren die unglücklichen Kinder überschwemmte. Da gab es nur Kinder, die von ihren Eltern in die Irre geführt, auf einem Spaziergang verlassen oder von Zigeunern gestohlen und von armen oder bösen Menschen (was etwa dasselbe schien) aufgenommen wurden, während sie doch aus einer reichen und vornehmen Familie stammten. Statt also mit ihren Eltern in einem schönen Haus zu wohnen, lebten sie in schäbigen Hütten und litten jahrelang unter den schrecklichsten Entbehrungen. Das ging dann so weiter bis zu der glücklichen Fügung, da die kleinen Mädchen in der Herzogin ihre Mutter und die kleinen Jungen im strahlenden Ritter ihren echten Vater wiederfanden. Da gab es endlose Irrfahrten: Die Kinder suchten ihre Verwandten von Stadt zu Stadt, und jedesmal, wenn sie an dem Ort anlangten, den man ihnen bezeichnet hatte, fanden sie die Türe verschlossen, die Nachbarn gaben ihnen wieder eine neue Adresse, und voller Hoffnung begannen sie flugs diese neue, viel längere Etappe ihrer Suche. Am Ziel dann wieder dieselbe Enttäuschung: Nein, der Gesuchte wohnte schon seit drei Monaten nicht mehr hier, die Leute hatten die Stadt verlassen, sie lebten nun in der Gegend von Lyon, Bourg oder Dijon. Das Kind wanderte weiter, und in Lyon, Bourg oder Dijon begann alles wieder von vorn.

Mir kommt auch die Witwe wieder in den Sinn, die nur schnell gleich um die Ecke eine Spule Faden kaufen wollte und ihr liebes kleines Mädchen, mit dem sie in schrecklicher Armut lebte, einen Augenblick allein ließ. Die Zeit verging, das kleine Mädchen wartete, die Mutter kam nicht wieder. Es wurde Nacht. Später erfuhr dann das verzweifelte Kind, daß die Mutter beim Verlassen des Ladens von einem Lastwagen überfahren worden war und ins Spital eingeliefert werden mußte. Mitleidige Nachbarn nahmen sich dann des «armen kleinen Mädchens» an bis zur (ungewissen) Genesung der Witwe.

Und Marinette, «die Tochter des Vagabunden» ... was

für eine Rolle hat sie in meinem Leben gespielt, als ich fünf oder sechs war! Sie war natürlich die Tochter einer Marquise, wie es sich gehört, wurde aber durch ein grausames Schicksal von ihrer Mutter getrennt und geriet auf irgendeine Weise in die Fänge einer bösen Frau, der «mère Frochu», bei der sie in einem elenden Loch leben und auf einem schmutzigen Lager schlafen mußte. Wenn die Leute sahen, welche Leiden sie erdulden mußte, so riefen sie oft aus: «So jung ist sie und schon so unglücklich.» Dieser Satz übte eine unwahrscheinliche Faszination auf mich aus. «So jung und schon so unglücklich!» Ich wiederholte ihn, weidete mich daran, spann mich darin ein wie in einen Kokon. Meine Mutter mißtraute dieser melodramatischen Geschichte allerdings. Sie las sie mir nicht genau so vor, wie sie geschrieben worden war, sondern erzählte mir jeden Abend ein Stück und ließ dabei die allzu realistischen Beschreibungen aus. Unglücklicherweise las mir meine liebe Urgroßmutter aus Unachtsamkeit eines Tages eine der tragischsten Passagen ungekürzt vor, und darin wurde von einer Feuersbrunst erzählt, bei der die elende Hütte der mère Frochu zerstört wurde und meine liebe Marinette in Lebensgefahr geriet. Von da an glaubte man, ich könnte auch all die anderen Episoden ertragen, und so wurde denn Marinette, die Tochter des Vagabunden, zu meiner traurigen Begleiterin, jeweils am Abend zur Essenszeit, wenn die Schatten dichter wurden und die Küchengerüche sich mit dieser leichten

Unruhe mischten, zu der Stunde, da ich auf die Heimkehr meines Vaters wartete und verunsichert zwischen den Schluchzern meiner Heldin auf das vertraute Surren des Motors horchte.
Gilliane weigert sich, traurige Bücher zu lesen. Soll sie sich nur mit der lustigen Schar von Walt-Disney-Figuren aus den Comics abgeben, die sie so liebt. Und mit diesem kleinen doofen Vogel Titi, den sie so mag und der das R nicht aussprechen kann. «Gloße Mieze», sagt er, «häßliche gloße Mieze». Sie hat recht, wenn sie die Gesellschaft der kleinen Dulderinnen meidet, die vom Unglück geprägt sind und die meine Kindheit bevölkerten.

17. Dezember 1974

In ihrem Heim ist die Frau vor allem die Bewahrerin. Das jedenfalls habe ich eben in «Die Frau und ihre Bilder» («La femme et ses images») von Pascal Lainé gelesen. Das Leben bewahren, die Kleider, die Nahrung aufbewahren, eine Kontinuität herstellen: das ist eine der Aufgaben, die man ihr gerne zuteilt. Aber eigentlich ist es paradox, daß sie, wenn sie Mutter ist, zugleich fähig sein soll, ständig die Veränderung zu begrüßen und zu akzeptieren, daß das Kind, das sie heute beinahe zu kennen glaubt, morgen schon jemand anderes ist und daß sie es nicht festlegen, in keinem Augenblick seines Lebens so bewahren kann, wie es gerade ist.

Wenn ich an Gilliane denke, so ist mir, als hätte ich vier oder fünf verschiedene Kinder gehabt oder sogar noch mehr. Es gelingt mir nicht, all die Bilder, die ich von ihr habe, in einem kontinuierlichen Zusammenhang zu sehen; sie verflüchtigen sich immer wieder, wenn ich sie festhalten will. Ich erfasse sie nur in der Gegenwart. Gilliane, jetzt, mit elf Jahren. Aber in einem, in zwei Jahren wird das kleine Mädchen von heute nichts oder fast nichts mehr mit der Halbwüchsigen gemeinsam haben, die sie dann geworden ist. Das Bild der elfjährigen Gilliane wird sich in einer sich wandelnden, unfaßbaren Vergangenheit zu den anderen Bildern gesellen. Ich werde mich an eine andere Gilliane gewöhnen, ich werde sie weiterhin lieben auf ihrem Weg bis zu der Frau, die sie einmal sein wird, von Gesicht zu Gesicht, von Verwandlung zu Verwandlung.

Ich habe noch viel mehr Schwierigkeiten, in einer Folge von Momentaufnahmen, die ein launisches Gedächtnis gemacht hat, das neben diesen paar aufgetauchten Inseln weite Schattenzonen läßt, das kleine Mädchen wiederzufinden, das ich einmal war. Ich bewundere die Schriftsteller, denen es gelingt, ihre Kindheit bis in alle Details zu rekonstruieren. Georges Haldas zum Beispiel, der an der Ecke Boulevard des Philosophes und rue Saint-Ours seinem Vater begegnet und diese Episode so beschreiben kann, als hätte sich ihm alles mit perfekter Genauigkeit eingeprägt.

Meine Erinnerungen könnte man eher mit Blitzlichtern

vergleichen. Der Lichtstrahl zielt auf irgendeine scheinbar unbedeutende Begebenheit, während riesige Stücke Leben daneben verschwinden, für immer verloren sind. Vielleicht kommt das von meiner ständigen Flucht ins Imaginäre, von meinem Dasein neben dem wirklichen Leben, von dem ich in meinem Tagebuch einen Niederschlag finde.

Träumen, sich Geschichten erzählen, mit erfundenen Personen zusammen leben, die Wirklichkeit, so wie sie ist, zurückweisen – eine Flucht, die sehr der Flucht in die Droge der Jungen von heute gleicht. Darin findet sich dieselbe Suche nach einer Intensität, die der graue Alltag selten liefern kann.

Ich habe von meiner Angst, verlassen zu werden, erzählt, aber fast ebenso schmerzlich empfand ich die Furcht, vom Leben vergessen zu werden. Daß nichts sich ereignen würde. In diesem ruhigen, ein wenig farblosen Land schienen sich die meisten Schicksale um mich herum im Unbedeutenden zu verlieren, in Gewohnheit und Resignation zu versinken. Die Menschen lebten nicht, nicht in dem Sinne, in dem ich damals Leben verstand. Würde ich ihnen eines Tages gleichen? Ich träumte von Heldentum, von der Hingabe an eine große Sache, von weiten Reisen, fantastischen Entdeckungen, von leidenschaftlichen Liebesgeschichten. Davon, zu den Bevorzugten zu gehören, denen «die Dinge zustießen». Aber gab es unter ihnen Platz für mich? Das fragte ich mich angstvoll.

Deshalb wohl hielt ich den «Sesseltanz» immer für ein so grausames Spiel. Immer ist ein Stuhl zu wenig da, und wer sich nicht setzen kann, wenn die Musik aufhört, muß ausscheiden. Man kann noch so flink und aufmerksam sein, jeden Moment riskiert man, vor einem Stuhl zu stehen, auf dem schon ein anderer sitzt. Dann bleibt man allein, muß stehen, während die anderen es sich in ihren Sesseln bequem machen.
Auch jetzt noch gibt es mir einen Stich, wenn die Musik aufhört, und ich suche mit den Augen das kleine Opfer, die Ausgezählte, die das Schicksal ausgeschieden hat. Ich möchte nicht, daß es Gilliane ist. Sie übrigens auch nicht. Sie sitzt lieber selbst am Klavier und, die Hände plötzlich in der Luft, gleich über den Tasten, genießt sie es, Schicksal zu spielen. Ich glaube nicht, daß sie sich je mit gesenktem Kopf so tief in den Kummer vergraben wird, wie ich das so oft getan habe.

7. Januar 1975

Gilliane und ich haben das neue Jahr in Zinal, ganz am Ende des Val d'Anniviers begonnen. Sie hat zwar nicht wie ich, Gründe, Silvester und die Feste, die man da feiert, zu hassen, aber sie hat ohne zu protestieren akzeptiert, daß wir es nicht wie die andern machen. Unser Studio war in dem riesigen möblierten Hotel, das Zinal überragt, wohl das einzige, in dem es nichts gab, was auf das Jahresende hindeutete. Mitten in der Nacht sind wir von Festbrüdern geweckt worden, die vom benachbarten Balkon aus brüllend Raketen in den Schnee warfen. Sie waren betrunken, und ich fürchtete, sie könnten dieses viel zu schlecht und viel zu schnell aus billigen Materialien errichtete Gebäude anzünden; es wäre wohl in wenigen Augenblicken wie eine riesige Zündholzschachtel niedergebrannt. In Gedanken knüpfte ich schon unsere Leintücher zusammen, befestigte sie am Balkongeländer, im Glauben, wir könnten so vielleicht der Katastrophe entrinnen. An eine Flucht über die enge Treppe, wo die Menschen von Flammen und Rauch zurückgehalten worden wären, war nicht zu denken. Glücklicherweise hat unsere «Hotelwohnung» nicht gebrannt, und wir sind wieder eingeschlafen.

Ja, mit dem 31. Dezember hätte ich noch manche Rechnung zu begleichen... Alle Erinnerungen, die ich an diesen Tag habe, in welche Zeit meines Lebens er auch fiel, sind häßlich. Weit zurück in meiner Kindheit gibt es eine undeutliche Geschichte mit Tischbomben. Tatsächlich glaube ich, daß meine Entdeckung der Tischbombe irgendwann um Weihnachten herum mit dem ersten schlimmen Streit zwischen meinen Eltern zusammenfällt, dessen Zeuge ich wurde. Wenn Gilliane bei der «Escalade» mich darum bittet, mit ihr eine dieser kleinen Petarden loszulassen, so weckt das in mir auch jetzt noch, während ich auf die kleine Detonation warte, die Furcht jenes fernen Tages, dieses kaum zu besänftigende Gefühl des Nicht-mehr-Geborgenseins, das mich von da an immer begleiten sollte.

Weihnachten verlief im allgemeinen ziemlich friedlich. Am 31. Dezember aber regten sich die bösen Geister. Später, als ich die Mittel dazu hatte, habe ich diesen Abend zu Hause immer gemieden, an dem alter Kummer an die Oberfläche kam, Mißverständnisse, schlecht geschlichtete Meinungsverschiedenheiten, von denen ich nichts verstand – «Erwachsenengeschichten», die mich nichts angingen. Wenn ich irgendwie konnte, bin ich in die Berge gegangen, auch ganz allein, wenn ich niemanden fand, der mir Gesellschaft leisten wollte.

Mein Vater ist an einem 31. Dezember gestorben, am Morgen des Tages, der ihm im Laufe der Jahre immer ein verpfuschtes Fest bescherte, eine Gelegenheit, einen ganzen Abend lang an all dem zu leiden, was ihn in seinem Leben enttäuscht und verletzt hatte und wofür er die andern verantwortlich machte.

Vielleicht, so sage ich mir heute, hat er irgendwie geahnt, daß ihn an diesem Tag der Tod ereilen würde, ausgerechnet an diesem Tag unter allen anderen Tagen des Jahres, und vielleicht hat er sich an jedem 31. Dezember mit so viel Wut und Verzweiflung gegen seinen eigenen Tod gewehrt.

Der 1. Januar brachte dagegen für mich oft eine Art Auferstehung, ein Wiederauftauchen, dem Licht entgegen. Ich erinnere mich ganz besonders an eine Abfahrt früh-

morgens von Bretaye nach Villars. Es hatte in der Nacht geschneit, die Piste war mit einer dünnen Schicht Pulverschnee bedeckt. Die Sonne war wiedergekommen und tauchte die Erde in ihren Glanz. Das war ein so viel schöneres Fest als jenes, das mit Papierschlangen, Alkohol und Rauch vor kurzem erst zu Ende gegangen war.
Auch in Zinal war diesmal schönes Wetter am Neujahrsmorgen. Ich habe Gilliane beim Skifahren auf der Piste vor dem Hotel zugesehen. Ohne Kopfbedeckung, mit ihrem langen Haar, in ihrem gutsitzenden blauen Skianzug, kurvte sie ohne Stöcke und mit einer Sicherheit, die ich nie gehabt habe, den Hang hinunter. Aber obschon ich oft gestürzt bin, mag ich die Art, wie wir früher Ski gefahren sind, als ich sechzehn oder siebzehn war, sehr. Ich erinnere mich daran, wie wir zu Fuß von zu Hause losgezogen sind, noch im Dunkeln, meine Freundin Gisèle und ich; wir hatten die Skis geschultert und wollten den Bus am andern Ende der Stadt nehmen, der uns für fünf oder sechs Franken nach Givrine bringen würde, auf den Col de Gets oder nach Megève. Wir hörten den Widerhall unserer Schritte in den leeren Straßen; manchmal regnete es ein wenig – wir hatten die halbe Nacht damit verbracht, nach dem Himmel zu sehen, würden wir aufbrechen können oder nicht?
In der Küche lag das Picknick bereit, die Steigfelle und die Skis, die streng nach Wachs rochen. Gegen halb sechs telefonierten wir miteinander: ja, wir gehen, obschon das Wetter schlecht ist. Und so machte sich jede

auf den Weg, bis wir uns am andern Seeufer an der Rue du Mont-Blanc trafen. Das Abenteuer begann schon im Bus. Ich vergaß meinen Kummer, von dem ich Gisèle nie erzählen würde, so wie sie mir auch nie von ihrem abwesenden Vater und von ihrer Mutter erzählte, mit der ein Zusammenleben oft so schwierig war. Während der Bus über die Straßen in der Schweiz oder Savoyen ratterte, suchten wir alle möglichen Anlässe, um in Lachen auszubrechen, und fanden sie auch. Nach der Ankunft mußten wir die Felle befestigen und dann begann der Aufstieg zu dem Gipfel, den wir ausgewählt hatten. Oft wurde es ein recht langer, anstrengender Aufstieg. Unterdessen war es Tag geworden, und wenn das Wetter schön war, schien die Sonne. Oder dann regnete es eben immer noch, und wir kletterten weiter, unsere Köpfe von den Kapuzen geschützt. Ich erinnere mich nicht an unsere Gespräche, auch nicht an besondere Ereignisse auf diesen zwei- bis dreistündigen Märschen: Ich sehe das lange Tal über Bogève vor mir, das man von einem Ende zum andern durchqueren mußte, bevor man den Aufstieg gegen Les Brasses in Angriff nehmen konnte, ein richtiger Gipfel, auf dem es nur so wenig Platz hatte, daß man sich gerade noch zum Picknick niederlassen konnte. Und wenn wir uns dann ausgeruht hatten und die Felle trocken waren, bereiteten wir uns auf die Abfahrt vor, die einzige Abfahrt des ganzen Tages, die so schnell genossene Belohnung für die anstrengenden Stunden. Auf der Piste begegneten wir fast niemandem. Für mich war das die Stunde der Bewährung. Jahrelang habe ich Skitouren gemacht, ohne daß ich schwingen, bremsen oder anhalten konnte, so daß mir, wenn ich zu schnell wurde oder wenn ich die Richtung ändern wollte, nichts anderes übrigblieb, als mich einfach fallen zu lassen. Sehr oft folgten dann auf diese Stürze lange Rutschpartien, denen ich hilflos ausgeliefert war, und ich erinnere mich an das hartgekochte Ei, das in meinem Rucksack geblieben war und das bei der Ankunft nur noch wie ein flacher Kuchen von wenigen Millimetern Dicke aussah.

All das kennst du nicht, Gilliane. Und ich werde dir nicht sagen, es sei schade, du würdest mir doch nicht glauben. Aber es ist doch so. Die Freude, etwas zu erobern, die langsame Annäherung. Doch ich sehe dir auch gern zu, sehe, wie geschickt du bist, wie du absichtlich die Linie wählst, auf der du am meisten Buckel überqueren und oft vom Boden abheben kannst; vielleicht träumst du dabei, du seist Anne-Marie Proell oder Marie-Therèse Nadig und die Objektive der Fernsehkameras seien auf dich gerichtet.

23. Januar 1975

Heute morgen sind wir zusammen zur Bank gegangen. Ich habe dir gesagt: Ich habe nicht mehr genug Geld bis zum Monatsende, ich muß etwas abheben. Gut, hast du gesagt, ich habe in der Stadt einige Besorgungen zu machen, ich komme mit dir.

Ich habe nicht viel auf der Bank, ich werde auch bestimmt nie viel haben, aber wenn ich hundert oder zweihundert Franken brauche, kann ich sie holen. Du findest das ganz natürlich, Gilliane, und ich hoffe auch, du wirst nie wissen, wie demütigend es in einer Gesellschaft ist, in der das Geld regiert, kein Geld zu haben. Man muß ein wenig Geld haben, damit man nicht daran denken muß. Wenn das Geld fehlt, wird es zum Tyrannen.

Wir haben also heute morgen eine kleine Summe abgehoben, dann habe ich dir ein Buch gekauft, Ersatzpatronen für deinen Füller und Manchesterhosen. All das ganz selbstverständlich, ohne alledem viel Bedeutung zuzumessen. Welch große Bedeutung hatte dagegen all das, was meine Mutter und ich damals brauchten! Wenn mein Vater morgens wegging, ließ er das Haushaltungsgeld auf dem Tisch. Fünf Franken jahrelang, dann, als alles teurer geworden war, zehn Franken. Fleisch brachte er nach Hause. Aber für alles übrige mußte meine Mutter mit dem zurechtkommen, was er ihr gab. Aber auch damals war es unmöglich, Essen für drei Personen und Kleider für zwei mit dreihundert Franken im Monat zu bezahlen, und so mußte denn meine Mutter um einen Zuschuß bitten, wenn ich Strümpfe, einen Pullover oder sonst etwas brauchte oder wenn sie ein Kleid oder einen Mantel nötig hatte. Ich habe schon erzählt, daß mein Vater sich mit unerhörten finanziellen Sorgen herumschlug, daß er ständig irgendwo Schulden hatte, daß er dabei immer eine Zahlung erwartete, und so war der Tag, an dem meine Mutter Geld verlangte, nie der richtige. Morgen, sagte er, oder am Mittwoch, oder nächste Woche. Und wenn meine Mutter dann darauf bestand, so wurde er wütend, und sogleich ballte sich am Horizont eine dieser Szenen zusammen, vor denen ich mich so fürchtete.

Jetzt, da ich diese Zeilen schreibe, da ich meinen Vater vor mir stehen sehe, schon zum Weggehen bereit (meine Mutter wartete immer bis zum letzten Moment, um ihm ihre Forderung zu unterbreiten), wie er uns behandelte, als wären wir zu nichts anderem nutze als dazu, das Geld wieder auszugeben, das er mit so viel Mühe verdient hatte, jetzt verstehe ich das alles nicht mehr, jetzt stelle ich Fragen.

War er denn wirklich so in der Klemme, daß er nicht einmal eine Zwanzigfrankennote übrig hatte? Oder genoß er vielleicht unsere Angst, unsere Abhängigkeit, wie um sich für seine Minderwertigkeitskomplexe zu entschädigen? Rächte er sich durch uns an einer Gesellschaft, von der er sich ausgeschlossen fühlte?

Was es auch gewesen sein mag, jedenfalls waren wir, meine Mutter und ich, ganz von ihm abhängig. Für mich war diese Abhängigkeit demütigend, und ich träumte davon, mich so schnell wie möglich daraus zu befreien. Meine Mutter gehörte noch einer Generation an, in der es unter Bürgerlichen überhaupt nicht in

Frage kam, daß eine Frau außer Haus arbeitete. Und ihre ganze Erziehung war so angelegt, daß sie sich auch nichts zutraute. «Was könnte ich denn auch tun?» fragte sie mich. Und dennoch hat sie mit fast fünfzig mit Leichtigkeit das Schreibmaschinenschreiben erlernt und begonnen, zu Hause Kopierarbeiten zu übernehmen. Aber wieviel Zeit war schon verloren, wie viele unwürdige Tricks angewendet worden. Die erste Skihose, die ich kaufte, bezahlte ich mit den zwanzig bis dreißig Rappen, die ich jeden Morgen aus meines Vaters Weste stahl, die er jeweils, bevor er sich auszog und zu Bett ging, im Badezimmer ließ. Ich sehe das Badezimmer im Morgengrauen vor mir, sehe den Weidenkorb, über den Vaters Weste gebreitet war, sehe mich voller Scham und voller Wut die Geldstücke zählen.

Als ich vierzehn war, erhielt ich am Ende des Schuljahres das Zeugnis nicht, obschon es doch üblich war, daß wir es alle am Anfang der Ferien durch die Post zugeschickt bekamen. Ich hatte ungeduldig darauf gewartet, wollte es meinen Eltern zeigen, weil ich wußte, daß es gut war. Schließlich schrieb ich meiner Klassenlehrerin: Die Antwort kam, so erinnere ich mich, aus Ortisei, einem Ort in den Dolomiten. Auf eine Postkarte hatte die Lehrerin geschrieben, ich hätte mein Zeugnis nicht bekommen, weil sie Anweisung erhalten hätte, es denjenigen Schülern nicht zu schicken, deren Schulgeld noch nicht bezahlt sei. Ich mußte es später, als mein Vater die kleine Summe, die er schuldete, endlich beglichen hatte, im Schulsekretariat abholen, innerlich voller Auflehnung. Ich fand, meine Eltern hätten um ein Stipendium nachsuchen und mir diese Demütigung ersparen können, wenn man uns nicht zu den sogenannten «Gutsituierten» gezählt hätte. Ich haßte diese verlogene Situation, in der wir steckten, und noch mehr haßte ich diese dumme Verwaltung, die die Schüler unter Nachlässigkeiten leiden ließ, für die sie nichts konnten.

Im nächsten Jahr erhielt ich zum ersten Mal keins dieser «Zertifikate», mit denen man jeweils am Jahresende die Klassenbesten auszeichnete. Man rächt sich eben wie man kann.

Aber die größte Demütigung sollte noch folgen. Sie erwartete mich an meinem siebzehnten Geburtstag. Nach wochenlanger Verzweiflung, nach ergebnislosen Vorsprachen und immer wieder enttäuschten Hoffnungen kamen die Zügelmänner im Auftrag dieses Menschenfressers aus der Altstadt, des Betreibungsamtes, und holten unsere Möbel. Ich sehe unsere Wohnung in der Rue de Montchoisy, die man nun leerte, ich sehe meinen Vater, sehr würdig, und ich bewunderte ihn, als er ganz ruhig sagte: «Machen Sie Ihre Arbeit, meine Herren.» Sie haben unsere Schränke mitgenommen, unsere Tische, unsere Sessel und Stühle, unsere Bilder und das Radio. Sie nahmen auch mein Grammophon mit.

3. Februar 1975

Der Film, den ich gestern gesehen habe – «Les Guichets du Louvre» –, handelt von einem schrecklichen Ereignis während des Krieges: von der Razzia, die die französische Polizei am 16. Juli 1942 in Paris durchführte und bei der ungefähr 13000 Juden festgenommen und dann im Wintervelodrome einquartiert wurden, bevor man sie in die Konzentrationslager der Nazis deportierte.

Der Film hat mir eine Begebenheit in Erinnerung gerufen, die sich vier Jahre nach der Razzia, im Sommer 1946 zutrug. Ich war im Auftrag des Roten Kreuzes in Paris und mußte die Verbindung zwischen meinem Büro in Genf und einer großen amerikanisch-jüdischen Organisation aufrechterhalten, die den europäischen Israeliten Unterstützung bringen sollte. Ich fand sofort Freunde unter den Repräsentanten dieser Institution. In der Schweiz, wo die Hierarchie in den Büros recht starr war, hatte ich mich immer als kleine bedeutungslose Sekretärin gefühlt, aber hier wurde ich mit solcher Wärme und Herzlichkeit empfangen und von Männern, die eigentlich meine Chefs waren, als Gleichwertige behandelt.

Eines Abends haben mich meine amerikanischen Freunde, ohne mir vorher etwas zu sagen, in ein seltsames Quartier geführt, wo wir uns plötzlich nicht mehr in Paris, sondern in einer Stadt in Osteuropa, irgendwo in Bulgarien, Rumänien oder Polen zu befinden schienen.

Die Männer, denen man in den engen Sträßchen begegnete, trugen lange schwarze Kleider und lange Bärte. Wir gingen in ein kleines Restaurant, und da begriff ich erst: Wir waren im jüdischen Stadtteil von Paris – an dem Ort, wo die Razzia des 16. Juli stattgefunden hatte und von der ich im Jahre 1946 gar nichts wußte. (War in den Schweizer Zeitungen nicht davon berichtet worden, oder hatte ich die Berichte nicht zur Kenntnis genommen? Ich weiß es nicht.) Ich erinnere mich nicht an einzelne Begebenheiten dieses Abends. Nur an einen Arm vor meinen Augen, mit einer eingebrannten Nummer auf der Haut: «Dachau» sagte der Mann, und für einen Augenblick schwiegen alle. Auch an das Brot erinnere ich mich, das so anders war, und an diese gutturale Sprache, die ich gestern im Film wieder gehört habe. Und ich erinnere mich vor allem an die Wandlung, die mit meinen Freunden vor sich ging. Vor kurzem noch waren sie einfach Amerikaner in Paris, die, wenn sie die Uniform trugen, genau den Urlaubern glichen, für die man das «Sugar Bowl» eröffnet hatte, wo es so feines «Soft Ice» gab und wo ein Junge mit zwei riesigen Buchstaben auf dem Rücken: PW (Prisoner of War) still und resigniert den Boden kehrte. In ihnen hatte ich geglaubt, das großartige Amerika kennenzulernen. Amerika, das uns befreit, gerettet hatte und das nun das ausgehungerte Europa ernährte. Und jetzt, in diesem kleinen Quartierrestaurant waren sie ganz anders: sie gehörten einer anderen Rasse an, und Amerika war für sie

nur das Ende einer sehr langen, düsteren und schmerzvollen Reise. Da, im Herzen von Paris, wurden sie plötzlich zu Fremden, Entwurzelten, Umherirrenden, mit einer schweren Vergangenheit, gewoben aus Verfolgungen und Pogromen, Demütigungen und Treue. Und das Jiddisch, das sie redeten, war für mich noch unverständlicher als das Amerikanisch, es entrückte sie in eine Welt, von der ich mich ausgeschlossen fühlte, ich, die so wenig von menschlichem Leid wußte und die, um ihnen näherzukommen, am liebsten von meiner Urgroßmutter aus Wien erzählt hätte, die polnischer, sehr wahrscheinlich jüdischer Herkunft war.
Ich bin später nie mehr in dieses Pariser Quartier gekommen. Ich weiß nicht einmal mehr, wo es war. Um ehrlich zu sein, ich habe auch nie richtig danach gesucht, denn es gehörte für mich zu dieser unmittelbaren Nachkriegszeit, in der alles so neu, so voller Höhepunkte, so intensiv war. Und gestern, fast dreißig Jahre später, hat dieser Film von Mitrani ein neues Licht darauf geworfen: Das also hat sich in diesen kleinen Gassen ereignet, durch die wir im Jeep gefahren waren – diese französischen Polizisten, haben die Frauen, die alten Leute und die Kinder umhergestoßen und das Quartier um fast alle seine Bewohner gebracht. Diejenigen, die ich 1946 gesehen hatte, waren die Überlebenden, die Zurückgekommenen oder die, die man am 16. Juli vergessen hatte.
An diesem 16. Juli 1942, an dem ich in den Ferien in Brissago war, mich an der Sonne bräunen ließ, schwamm

und durch die schöne Straße radelte, die damals so ruhig war und die dem Lago Maggiore entlang nach Ascona führt.

Seit einiger Zeit redet man wieder vom Krieg: Die Epoche der Entspannung ist vorüber, sagt man, vielleicht ist man von der Nachkriegszeit schon wieder in eine Vorkriegszeit gerutscht. Das alles wird ganz ruhig, mit einer gewissen Ergebenheit gesagt.
Die ganzen langen Jahre hindurch hat mich die Ergebenheit der Menschen immer am meisten erstaunt. Ihre Fähigkeit zur Resignation. Ihr Mut. Ich erinnere mich: 1946 – in Frankreich, in Italien, in der Tschechoslowakei – zwischen den Ruinen, in den zerstörten Städten, bewahrte jeder schon wieder Haltung. Die Passanten waren höflich, sie lächelten, sagten merci. Sie unterschieden sich nicht von meinen schweizerischen Landsleuten, außer daß sie magerer, bleicher und sehr oft ärmlicher gekleidet waren. Ich ging an den Leuten vorbei, ich sagte mir: «Es gibt bestimmt einige unter ihnen, die alles verloren haben, ihre Familie, ihr Haus, sie haben Schreckliches erlebt, die Hölle durchgemacht, und da gehen sie durch die Straße, kaufen eine Zeitung, trinken einen Kaffee, steigen in einen Bus.» Und ich dachte auch: «Vielleicht ist es falsch, daß sie so ruhig sind, so stoisch. Vielleicht sollten sie zu weinen anfangen, zu schreien, und damit nicht aufhören, damit die Welt

nicht vergißt. Damit all das nicht noch einmal geschehen kann.»

Ich, die ich diese langsame Gewöhnung ans Unglück nicht durchgemacht hatte, Monat um Monat, Jahr um Jahr, die ich zum erstenmal die von Bomben in die Luft gejagten Häuser sah, die zerstörten Quartiere, ich hätte am liebsten an ihrer Stelle zu heulen begonnen, hätte ihre Auflehnung und ihre Hoffnungslosigkeit, die sie so gut versteckten, hinausgeschrien, denn sie versteckten sie voll absurder Schamhaftigkeit, wo man sie doch allen hätte deutlich machen müssen, besonders uns, die wir einige Jahre später als Touristen in diese Länder kamen, weil da das Leben so billig war und man für fast nichts Schuhe und Handtaschen kaufen konnte. Ah, wie habe ich mich meiner Landsleute am Strand von Alassio 1947 geschämt: gut genährt, verwöhnt, überheblich, habt ihr euch da schamlos mit euren günstigen Einkäufen gebrüstet. Und niemand hat euch belästigt, euch verflucht. Niemand versuchte, euch die Freude zu verderben, indem er euch klargemacht hätte, wie diese Jahre wirklich waren, von denen euch nur noch ein paar gute Geschichten aus dem Aktivdienst blieben, die ihr euren Kindern und Kindeskindern erzählen würdet – und dazu noch die Überheblichkeit, zu glauben, daß unsere Armee, unsere Tugenden oder die Gnade Gottes – denn Gott beschützte bestimmt die Schweiz besser als alle anderen Länder – uns verdienterweise verschont hätten.

Ich habe allerdings einmal einen Mann weinen gesehen. In Italien, 1948. Es war der Bürgermeister von Porto Santo Stefano, der an einem blauen Februartag – die Mimosen blühten, die Natur jubelte vor Freude – um seine zerstörte Stadt zu weinen wagte, um seine unglücklichen tuberkulosekranken Mitbürger, über die ganze Schweinerei, Krieg genannt.

Und dann war da in Cassino diese kleine Alte. Die Stadt war wie zerhackt, von den Häusern waren nur meterhohe Mauern geblieben. Mauern für Liliputaner, Ruinen von Puppenhäusern. Auf dem Hügel stand das Gotteshaus wie ein gigantischer Schutthaufen. Aber die Zerstörung der Stadt schien mir schlimmer. Es war viel trauriger, zertrümmerte Häuser zu sehen als geköpfte Engel. Man hatte den Einwohnern dieser Stadt neue Unterkünfte verschaffen müssen und die Schweiz hatte eine gewisse Anzahl Baracken gespendet. Ein Delegierter aus Bern mußte kontrollieren, welchen Gebrauch man davon gemacht hatte, und ich begleitete ihn, machte Notizen. Ich sah zu, in mir staute sich eine ungeheure Traurigkeit und eine große Wut auf und zugleich hatte ich das Gefühl, endlich «dabeizusein», nicht mehr im Abseits, nicht mehr am Rande zu stehen – so wie das während sechs Jahren, die ich in meinem privilegierten Land verbracht hatte, gewesen war.

Ja, diese kleine Alte. Ich komme darauf zurück. Wir wurden in allen Baracken mit Dank empfangen. Merci, du großzügige Schweiz, merci für diese schönen Baracken. Merci, daß du an uns gedacht hast, die wir so viel gelitten haben. Die kleine Alte in Cassino dagegen war verrückt vor Wut. Diese schmutzigen Baracken, schrie sie, eure dreckigen Hurenbaracken sind gar nicht dicht. Sobald es ein paar Tropfen regnet, wird man überschwemmt. Nehmt sie nur wieder, eure widerlichen Baracken: Wenn ihr uns ein Geschenk machen wollt, so gebt uns etwas Anständiges, keine solche Sauerei!

Mein Begleiter war fassungslos. Ich dachte nicht viel. Aber die kleine Alte von Cassino und ihre wütenden Schreie sind mir durch die Jahre hindurch in Erinnerung geblieben, während ich vergessen habe, wie die andern, die Höflichen, sich bei uns bedankten.

Auch die sechzehn- und siebzehnjährigen Deutschen in den Lagern von Mähren hatten resigniert. Hitler hatte sie eingezogen, als der Krieg schon verloren war, und sie waren sofort in russische Gefangenschaft geraten. 1946 arbeiteten sie zu Hunderten zehn Stunden täglich in den Minen von Mährisch-Ostrau, die Wimpern und Augenbrauen schwarz von Kohlenstaub, überwacht von Menschen, die in den Konzentrationslagern der Nazis zu hassen gelernt hatten.

Und da war ich, vollkommen überwältigt, in eine andere Welt katapultiert. Ich wurde sofort krank. Mit neununddreißig Grad Fieber lag ich in meinem Hotelzimmer, das wie bei einer Feuersbrunst von den Hochöfen erleuchtet wurde, dazu der ohrenzerreißende Lärm der Förderwagen, die auf den Kabeln glitten, und die Pfiffe, die diese Tag und Nacht ohne Unterbruch dauernde Arbeit skandierten. Aber am nächsten Tag schon war ich wieder auf den Beinen, fast wiederhergestellt. Jedenfalls fähig, meine Kollegen zu begleiten. In einem der Lager, die wir besuchten, sah ich im Korridor zwei junge Gefangene und näherte mich ihnen, um ihnen eine Zigarette anzubieten. Kaum hatte ich diese Bewegung gemacht, standen plötzlich zehn, fünfzehn, zwanzig um mich herum, irgendwo aus dem Nichts aufgetaucht, wie Möwen an einem See von ein paar Brotstücken angelockt. Sie stießen sich gegenseitig weg und streckten ihre von der Kohle beschmutzten Hände nach mir aus. Was tun? Wem etwas geben? Denn ich hatte nicht genug Zigaretten für alle. Und dann auch: Warum stand ich gerade da, auf dieser Seite, mit meinen Zigaretten und meiner Wohltätigkeit, und warum diese Jugendlichen auf der anderen, diese Kinder, denen man ihre Jugend gestohlen und die man in ein Abenteuer hineingezogen hatte, von dem sie kaum etwas verstanden?

Aber sie waren nicht wie die Alte in Cassino. In anderthalb Jahren hatten auch sie unter Stockschlägen gelernt, sich nicht aufzulehnen, danke zu sagen. Sie fragten nur, und sie fragten mich – was wußte ich denn schon? –: wann können wir nach Hause gehen? Werden wir Weihnachten zu Hause sein? Ich habe damals folgendes in mein Tagebuch geschrieben: «Ich spaziere in der

Gegend eines dieser Lager herum. Ein Hügel, ein paar ärmliche Häuser: am Fuß des Abhangs eine staubige Straße und die Mine: ganz oben die Baracken, umgeben von einer doppelten Stacheldrahtbarrikade. Der Lärm der Mine... oben ein Akkordeon, das von der Heimat träumt. Es dunkelt und der Novembernebel mischt sich mit dem Hauch, der überall in diesem schwarzen Land aufsteigt. Traurige, von der Welt verlassene Landschaft. In diesem Augenblick sitzen in der Schweiz und anderswo auf der Welt Menschen in Kaffeehäusern, hören Radio, rauchen Zigarren. Warum sind ausgerechnet diese dort oben, warum sind nicht andere an ihrer Stelle?

Wird es immer Kriege geben, und Schuldige, die ungeschoren davonkommen, und Unschuldige, die man der Einfachheit halber zu bestrafen beschließt?»

Jetzt sind sie alle fast fünfzig, diese Burschen mit den bettelnd ausgestreckten Händen. Ich hoffe, sie erinnern sich, irgendwo in einem der beiden Deutschland, und ich hoffe, sie werden den alten Traum von Macht und Tod bekämpfen, wenn er irgendwann wieder neu geträumt werden sollte...

Aber im vergangenen Sommer war ich dennoch fast die einzige, die das Wrack überhaupt beachtete, das die Ebbe jeden Tag am Strand von Audierne freilegte. Wenn Flut herrschte, so war der Strand sehr freundlich, ein richtiger Ferienstrand mit spielenden Kindern und bunten Bällen. Man schrieb das Jahr 1974, und in der Bretagne war das Wetter gut. Und dann sank das Wasser und gab langsam dieses Ungeheuer aus der Vergangenheit preis: das Wrack eines Kriegsschiffs, das wenige Meter vom Ufer entfernt gestrandet sein mußte und das nun von Algen und Muscheln bewachsen war. Viele kleine Krebse spazierten da herum, wo früher sein Bauch gewesen war, und viele Badegäste kamen her, nicht um die Trümmer zu sehen, sondern um die kleinen Krebschen zu beobachten und zu fangen. Das dauerte einige Stunden: diese Silhouette gegen den Himmel, wie eine Erinnerung und auch wie eine Drohung. Und dann stieg das Wasser langsam wieder, überflutete das Wrack, und die Wellen, die darüber zusammenschlugen, waren blau und fröhlich. Wieder Ferienfriede, die Freude, in der Sonne zu leben.

Du hast dich nicht um das Wrack und das Abenteuer, an das es erinnert, gekümmert, Gilliane. Du hast nicht verstanden, warum es mir wichtig war, warum ich eine alte Bretonin fragte, die mir dann die Geschichte von den Deutschen erzählte, die in der Bucht von Brest in eine Falle gerieten. Sie hatten die Flucht übers Meer versucht, waren am Strand von Audierne gestrandet und alle getötet worden. Eine sehr alte Geschichte für dich, wie für mich damals, als ich so alt war wie du, die Geschichten aus dem Krieg von 1914. Etwas, das einer fernen Vergangenheit angehörte und nicht viel wirklicher war als die Geschichte von der Sintflut.

Aber die Maschinengewehrkugel, die wir eines Morgens neben einem kleinen Seestern in einem Felsloch gefunden haben, hast du behalten.

8. Februar 1975

Vor zwei Monaten, als ich mit Schreiben begann, hatte ich nur mich selbst als Gegenüber. Jetzt merke ich, daß ich oft zu dir spreche, Gilliane. Werde ich später wagen, dir diese Seiten zum Lesen zu geben?
Mich hat die Distanz, die durch Moral und Konventionen zwischen Mutter und Tochter geschaffen werden, immer erschüttert. Als ich ein Kind erwartete, hatte ich viele widersprüchliche Empfindungen und darunter auch eine Art Widerstreben, in den Augen der Gesellschaft, der anderen, eine Mutter zu werden. Damit meine ich jemanden, von dem man gewisse Eigenschaften von vorneherein erwartet: Hingabe, Verzicht und ein ganz bestimmtes Benehmen. Eine stereotype Person, ohne viel Gemeinsamkeit mit der Frau, die ich bis dahin gewesen war.
In der Beziehung zu meiner Mutter habe ich versucht, diese vorgegebenen Verhaltensweisen beiseite zu schieben, indem ich sie als meine Freundin ansah, als eine Vertraute, eine Zeugin meines Lebens. Aber jetzt wird mir bewußt, daß diese Gegenseitigkeit nicht wahrhaftig war. Wir haben sozusagen nie von ihren Gefühlen, ihren intimen Erfahrungen gesprochen, und was ich im Laufe

der Jahre davon erahnen konnte, hat mich gestört, verlegen gemacht. Jetzt begreife ich, warum Georges Haldas, wenn er in «Boulevard des Philosophes» von seinem Vater spricht, oft diese seltsame Wendung wiederholt: «Der Mann, mein Vater.» Damit versucht er den Menschen in seinem Vater zu erfassen, den Menschen, der er abgesehen von ihrer Beziehung war. Der Mann, ganz einfach. Aber nie hat er geschrieben: «Die Frau, meine Mutter.» Das ist sehr symptomatisch für unsere fast totale Unfähigkeit, seien wir nun Männer oder Frauen, die Frau in jener zu akzeptieren, die uns in ihrem Leib getragen hat.

Ich möchte, daß sich das ändert. Ich möchte in einigen Jahren den Mut haben, Gilliane, dir den Text zu zeigen, in dem ich versuche zu erzählen, wie ich war, lange bevor du geboren bist.

Februar 1945. Es ist genau dreißig Jahre her. In drei Monaten wird der Krieg zu Ende sein, aber man weiß das noch nicht. Italien hat im September 1943 Waffenstillstand angeboten, Deutschland liegt in den letzten Zügen.

Ich nehme das Tram, um Marianne zu besuchen. Als ich aussteige und hinter dem Wagen durchgehe, um die Straße zu überqueren, gerate ich beinahe unter das Tram, das aus der Gegenrichtung kommt. Eine Frage von Sekunden. Der Tod ereilt mich noch nicht, aber in diesem

Augenblick weiß ich, daß dieser Abend sich von den anderen unterscheiden wird.

Nichts Außergewöhnliches auf den ersten Blick: Ich gehe zu meiner Freundin Marianne, die noch zwei italienische «Internierte» eingeladen hat. Das heißt, zwei italienische Studenten, die ihre Studien in Genf fortsetzen, aber einer fast militärischen Disziplin unterworfen sind. Ein paar Hundert von ihnen wohnen in einem bestimmten Mietshaus am Boulevard des Tranchées, das, so heißt es, gewisse junge und nicht mehr so junge Damen der guten Genfer Gesellschaft ziemlich gut kennen. Die natürlich auch gerne vor dem erwähnten Wohnhaus auf und ab flanieren. Und diese in jeder Hinsicht ausgehungerten und gar nicht wählerischen Burschen verführen.

Marianne hat Antonio an der Universität, wo sie Kurse besucht, kennengelernt. Ich selbst arbeite seit vier Jahren beim Roten Kreuz, wo ich die Kameradschaft, die Arbeit Seite an Seite, manchmal auch Freundschaft kennengelernt habe. Dennoch warte ich. Wie alle warte ich auf das Ende des Krieges, aber auch auf irgendein Ereignis oder auf jemanden, der meinem Leben den Sinn verleihen wird, den ich in ihm ganz allein nicht finden kann. Daniel hat seinen Freund vielleicht in der Absicht begleitet, das Mädchen, das man ihm vorstellen wird, zu erobern, um daraus wie seine Kameraden irgendwelche Vorteile zu ziehen, und wenn das nur ein warmes Bad oder ein Steak von Zeit zu Zeit wäre. Ich weiß nicht. Auf jeden Fall trägt er seinen Ehering nicht. Also verrät mir nichts, daß dieser Mann im Salon von Marianne, der so gar nicht den italienischen Verführern gleicht, wie ich sie aus der Vorkriegszeit kenne, nicht frei ist. Er hat schon ein wenig angegraute Haare, obschon er erst neunundzwanzig ist, helle Augen – ein golden schimmerndes Grün – von großer Sanftheit und auf dem ganzen Gesicht etwas Verhaltenes, ein bißchen Trauriges. Er hat den Krieg als Jagdpilot mitgemacht und ist über die Tessiner Berge im Herbst 1943 in die Schweiz gekommen. Er studiert Literatur, und wird eines Tages, wenn sein Exil beendet ist, in seinem Lande als Lehrer arbeiten. Durch ihn finde ich das Italien wieder, das ich 1935 und 1938 geliebt habe und das ich immer zärtlich in mir bewahrt habe, aber auch ein anderes Italien, ein verratenes, schmerzerfülltes, ohne viel Ähnlichkeit mit jenem Ferienland, dem Land der Mondscheinlieder. Durch ihn komme ich auch zum ersten Mal mit dem Krieg in Kontakt, der während sechs Jahren rund um unser Land gewütet hat, ohne bis zu uns zu dringen.

Vom ersten Abend an gibt es zwischen uns diese Sympathie, die wahrscheinlich in Beziehung zu den Umständen steht – Interesse von seiner Seite, Romantik von meiner –, die aber sehr bald echt werden wird. Wir wollen uns wiedersehen. Und wirklich treffen wir uns einige Tage später allein, um den Nachmittag zusammen zu verbringen, und zu Fuß brechen wir auf dem Quai de

Cologny auf. Wir gehen bis zum Restaurant von Ruth und sitzen in einem kleinen, schlecht erleuchteten leeren Saal. Ich erinnere mich weder an das, was wir miteinander gesprochen haben, noch an unsere Rückkehr in die Stadt, als es schon Abend wird. Auch nicht daran, daß er meine Hand in die seine genommen hat. Aber ich habe es in jenem Tagebuch beschrieben, in dem sich mein Bild, verwischt durch die vergangene Zeit, spiegelt.

«Deine Hand drückte die meine», schrieb ich. Hinter dem Bahnhof des Eaux-Vives bist du stehengeblieben und hast mich an den Schultern gefaßt: «Bevor ich Sie verlasse, möchte ich Ihnen sagen, daß ich glücklich bin und daß heute etwas für mich begonnen hat.» Und ich sagte: «Mein ganzes Leben lang werde ich mich an diese Worte erinnern.» Aber das ist eben gar nicht wahr, ich habe sie vergessen. So wie ich meine Antwort vergessen habe, die ich hier aufgeschrieben finde, in diesem Heft, mit dieser meiner zu jener Zeit fast nicht lesbaren Schrift: «Für mich beginnt auch etwas.»

Heute fahre ich auf dem Weg in die Stadt mit dem Wagen fast jeden Tag den Quai de Cologny entlang. Man hat ihn verbreitert, hat das Seeufer mit einem geraden Deich versehen. Aber das Restaurant Ruth ist immer noch genau so wie damals. In meine kleine Metallbüchse eingeschlossen, in Eile und in Gedanken immer mit etwas beschäftigt, nehme ich mir selten die Zeit, hinzusehen. Mich zu erinnern. «Mein Liebster, wie habe

ich dich vergessen», sagte Emmanuelle Riva in «Hiroshima».
Wieder ein Spaziergang, auf dem Land, an einem anderen Winternachmittag. Diesmal gehen wir nach Villette, dem Weiler am Fuße des Salève, wo ich mit Perceval ungefähr zehn Jahre später, zu Beginn unserer Ehe wohnen werde. Wieder ein kaltes Lokal – Brennstoff wird immer knapper –, ein Glas Tee zum Aufwärmen und diese Zärtlichkeit, die zwischen uns wächst, diese überwältigenden Augenblicke am Anfang einer Liebe, dieses Sich-Vortasten, einer auf den andern zu, dieses Überwinden all der Jahre, die man gelebt hat, ohne einander zu kennen. Und ich habe aufgeschrieben: «Wir waren linkisch, ungeschickt, verlegen, weil wir uns begehrten. Ja, etwas hat begonnen.»
Was begann? Er hatte mir noch nicht gesagt, daß er verheiratet war. Ich glaube, ich dachte: Jetzt habe ich gefunden, jetzt werde ich mich nie mehr an diese auswegslosen Geschichten verlieren, jetzt werde ich mit jemandem etwas aufbauen können und wissen, wie das ist, wirklich zu zweit zu sein.
Und er? Hat er, um ans Ziel zu gelangen, vielleicht nur einen Plan ausgeführt, den er zusammen mit seinem Freund Antonio entwickelt hat? «Sag ihr auf keinen Fall, daß du verheiratet bist. Im Gegenteil, gib ihr zu verstehen, daß du ernste Absichten hast.» Hat er getrickst?
Was es auch sein mochte, jedenfalls hat er mir die Wahr-

heit gesagt, als sich zwischen uns noch nichts zugetragen hatte. Vielleicht in dem Augenblick, da er mich zu lieben anfing.

Diesen Abend habe ich nicht vergessen. Es war kurze Zeit nach dem Spaziergang nach Villette: Wir sind in Cologny, in der Herberge «zum goldenen Löwen». Vor uns das Porträt von General Guisan und eine Aperitifreklame. Wir trinken Wein und essen Waffeln. Daniel versucht, sein Geheimnis loszuwerden, und weiß nicht, wie er beginnen soll. Er erzählt mir von seiner Vergangenheit, von einer Dummheit, die er gemacht hat, und er fragt mich:

Möchtest du noch etwas über mich wissen?

Noch bevor ich es dachte, sagte ich:

Du bist verheiratet.

Ja, sagt er, und ich habe ein Kind.

Er hat ein Bild aus seiner Brieftasche genommen, ein kleiner kraushaariger Junge von fünf, sechs Jahren – und legt es vor mich auf den Tisch. Ich glaube, es war für ziemlich lange Zeit still zwischen uns. Ich versuche, meine Aufmerksamkeit auf die Reklame vor mir zu richten: «Apéritif Nostran».

Daniel fügt hinzu: «Du bist alles für mich», und ich weiß nicht, ob ich es glauben soll.

Was ich dagegen sicher weiß, ist, daß ich auch ihn verlieren werde und daß ich umsonst geglaubt habe, diesmal bringe der Zufall mein Glück. Der einzige verheiratete Student unter all den vielen internierten Italienern in Genf: natürlich bin ich ihm begegnet, nicht einem andern. Vielleicht denke ich an Arlette, während ich die Reklame fixiere und versuche, die Tränen zurückzuhalten. Es war von vorneherein entschieden, daß Arlette immer gewinnen würde. Jetzt ist sie in Italien, wartet auf ihren Mann und ist sicher, daß er zurückkommen wird.

Ich sage resigniert ein paar Worte, ich mache ihm keinen Vorwurf. Ich kann auch spielen. Jetzt spiele ich die starke Frau. Das wird nun oft meine bevorzugte Rolle sein.

Merci, sagt Daniel.

Wir gehen den Hang hinunter. Ich habe in mein Tagebuch geschrieben: «Ich war traurig, aber in dieser Traurigkeit fand ich mich. Ich erkannte die Dinge wieder, die mir zustießen. Sie glichen meinem Leben, glichen mir. Vielleicht habe ich dich erst in diesem Augenblick wirklich zu lieben begonnen, wie ich dich dann fünf Monate lang geliebt habe, an diesem Abend, da ich wußte, wir würden uns eines Tages trennen müssen.» Auch das war noch eine Komödie, die ich mir selbst vorspielte, diese schönen Sätze...

Wir sind schon fast beim Quai, als die Sirenen die Nacht zerreißen. Die Warnung vor den Flugzeugen, deren dumpfes Surren man schon hört. Die Nacht ist sternenklar, die Engländer nutzen sie, um die Städte in Norditalien zu bombardieren. Wir bleiben stehen, und Daniel nimmt mich in die Arme, drückt mich ganz fest an sich, als wenn diese Umklammerung das Drama vereiteln könnte, das sich in einigen Minuten in Mailand, in Turin, in Genua ereignen wird – der Tod fällt vom Himmel, Menschen werden im Schlaf ermordet, Häuser fliegen in die Luft. Die Nacht dröhnt um uns. Die Flugzeuge kommen nacheinander in Wellen und fliegen vorbei. Dann Stille. Dort entfachen die ersten Bomben nun schon die ersten Feuersbrünste.

Nach diesem Geständnis kam Daniel an jedem freien Abend zu meinen Eltern. Wir tranken Tee in meinem Zimmer, lasen italienische Bücher, Piovene, Bacchelli, Dante, nebeneinander saßen wir auf meinem Diwan. Gegen neun Uhr ging mein Vater zu seinen Freunden ins Bistrot gegenüber, und meine Mutter zog sich in ihr Zimmer zurück. Wir liebten uns ein bißchen hastig, ein bißchen unvollkommen. Ich war allerdings viel glücklicher, als ich es jemals vorher gewesen war. Aber wenn ich mich genau erinnern will, so muß ich wieder mein Tagebuch konsultieren: «Bei dir war ich nie allein, da gab es nie diese Leere, in die man nach der Liebe oft zurückgestoßen wird. Du nahmst mich mit derselben Zärtlichkeit wie vorher in die Arme. Ich war für dich nicht einfach ein jetzt nutzlos gewordener Gegenstand. In der Liebe hast du dich nicht verändert. Du wurdest nie ein Fremder. Du bist der einzige.»

In diesen ungeschickten Zeilen zeigt sich ein Unbehagen, das nicht nur ich allein verspürt habe. Wie unwissend waren wir Mädchen unserer Generation! Niemand

hatte uns vom Liebesakt erzählt, vom unterschiedlichen Erleben der Frauen und der Männer dabei. Wir mußten alles selber entdecken, wir, die wir uns nicht in die traditionelle Rolle schicken wollten, wir mußten auch unsere Angst selber bezwingen, so gut es eben ging. Ja, in der Zeit zwischen meinem ersten Erlebnis mit zwanzig bis zu meiner Begegnung mit Daniel hatte ich Angst vor der Verwandlung, die die Wesen, die ich doch zu kennen glaubte, während dieses Aktes durchmachten: Unbekannte, Fremde wurden sie, beherrscht von einer Gier, die nicht mehr viel mit mir zu tun hatte. Ein Gegenstand, ein «Objekt». Ich habe dieses Wort 1945 niedergeschrieben, als es nicht in Mode war, als die Frauen sich noch nicht einmal zu artikulieren wagten. Ein Objekt während dem Liebesakt – ein Mittel, das ihnen dazu diente, Lust zu empfinden – und nach der Liebe noch schlimmer: ein Gegenstand, ein Objekt, das «nutzlos geworden» war, und von dem sie sich mit oft skandalöser Rücksichtslosigkeit abwandten. Um eine Zigarette anzuzünden, um sich wieder anzuziehen und sich nun, befriedigt und in Gedanken abwesend, wieder ihren Männerbeschäftigungen zu widmen.
Mit Daniel war es ganz anders. Seine Augen in den meinen, seine Augen voller Zärtlichkeit, sagten mir, daß wir alles zusammen machten und daß die Lust, die er in einem Augenblick empfinden würde, ihm von mir geschenkt sei. Wir waren wirklich zusammen, alle Trennungen aufgehoben, so nah, wie man sich überhaupt je

nah sein kann. Und das, obschon es so vieles gab, das uns trennte, obschon wir wußten, daß die Zeit unsere Liebe verschlingen, zernagen, sie allmählich ganz zerstören würde.

Es ist sehr schwierig für mich, mir jetzt vorzustellen, daß Daniel irgendwo in Italien lebt, daß sein Sohn, der kleine krausköpfige Junge, jetzt schon mehr als dreißig Jahre alt ist. Daniel selbst muß müde sein, verbraucht. Schon damals war so etwas wie eine große Müdigkeit in ihm, eine traurige Resignation, als hätten die Jahre, die er im Krieg verbracht hatte, seine Jugend getötet. Ich möchte wissen, wie er wohl die letzten dreißig Jahre durchlebt hat und wie er die neuen Schwierigkeiten in Italien erträgt, die wirtschaftliche Katastrophe, die Unsicherheit. Zwanzig Jahre Faschismus, drei Jahre Krieg, das Exil, die Rückkehr in ein fast zerstörtes Land und dann, nach einigen ruhigen Jahren, diese Atmosphäre der Gewalt, der Vorrevolution. Das ist viel im Leben eines Menschen.

An manchen Abenden trafen wir uns auch in der Stadt und wanderten durch die verdunkelten Straßen. Der blaue Schein meiner Taschenlampe führte uns. Wir trafen uns auch oft noch am Nachmittag. Der Winter ging zu Ende. Wir gingen auf dem Quai des Eaux-Vives spazieren und betrachteten von hier aus Genf, und er sagte mir, daß es Venedig gleiche, wenn man vom Lido her zurückblickt, und daß ihn diese Häuser am Wasser an die venezianischen Paläste erinnerten, Venedig, seine

Heimatstadt, und ich wußte nicht, daß ich in einigen Jahren einen ganzen Winter in Venedig verbringen, daß ich dort glücklich sein würde. Aber ohne ihn.
Manchmal kehrten wir nach solchen Spaziergängen nach Grange-Canal zurück, in die Wohnung meiner Eltern.
Ich erinnere mich an jenen Samstagnachmittag: Meine Mutter ist in der Stadt. Mein Vater kommt samstags immer spät nach Hause. So fühlen wir uns denn für einmal ganz sicher, ganz frei und können uns ohne Einschränkungen lieben. Aber plötzlich dreht sich ein Schlüssel im Schloß. Mein Vater. Es ist wie in einem schlechten Lustspiel. Aber da gibt es keinen Schrank, keine Geheimtüre, keinen Ausweg. Höchstens den, innert weniger Sekunden eine möglichst unverfängliche Haltung anzunehmen. Glücklicherweise stehen, gleichsam als Alibi, zwei Tassen mit kaltem Tee auf dem Tisch. Mein Vater tut, als hätte er nichts bemerkt. Aber die Situation war brenzlig.
In den folgenden Tagen habe ich eine Entscheidung gefällt. Überstürzt, im Verhältnis zu der Demütigung, die ich erfahren hatte. Ich bin auf die Vermittlungsstellen gelaufen, aber ich mußte nicht lange suchen: Damals gab es so viele leere Wohnungen in Genf, daß ich sogar die Qual der Wahl hatte. Diejenige, die ich schließlich mietete, kostete 75 Franken im Monat. Sie lag nur ein paar Schritte von dem Quai entfernt, den Daniel und ich liebten, und auch nicht sehr weit vom «Haus der Internierten». Sie bestand aus einem quadratischen Zim-

mer, einem langen Gang und einer sehr großen Küche in einem alten, frisch renovierten Mietshaus mit blendend weißer Fassade und hohen schmalen Fenstern. Es gab da auch noch ein kleines Badezimmer, das man neu eingerichtet hatte und wo, wie damals vielerorts üblich, nur an jedem zweiten Wochenende warmes Wasser floß. Der einzige schwarze Punkt war die Heizung. Zu Beginn des Krieges hatte man in der Wohnung meiner Eltern einen Ofen installiert, der mit Torf und den kostbaren Kohlebriketts gefüttert wurde. An der Rue des Eaux-Vives gab es keinen Ofen, und das Haus war natürlich nicht geheizt. Nun, ich würde mir mit einem elektrischen Ofen behelfen und so eine einigermaßen angenehme Temperatur aufrechterhalten. (Allerdings zeigte im nächsten Winter das Thermometer morgens oft nur vier Grad...) Aber diese Kleinigkeiten waren für mich nicht wichtig. Ich wollte einfach ungestört sein, frei, meinen Daniel zu lieben. Der Rest war Nebensache.

Ich erinnere mich nicht gut an den Umzug, aber sehr gut an die schwere Angina, die mich vom ersten Tag an ans Bett fesselte. Ein Freund, der Pfarrer und Psychoanalytiker war und mit dem ich korrespondierte, schrieb mir: «Ich wußte, daß Sie krank werden würden! Aber verlieren Sie den Mut nicht! Halten Sie durch!» Selbstbestrafung? Mir schien das zuerst unwahrscheinlich. Heute wäre ich versucht, diesem Mann zu glauben, der, nur nebenbei gesagt, sich zu Ideen bekannte, die damals unerhört schienen, und der mit seinen Katechismusschülern von Sexualität gesprochen hatte, was ihm ein langes Exil in einer verlassenen Gegend Nordeuropas eintrug...

Und ich hielt durch. Aber es war nicht leicht. Ich mußte lernen, allein krank zu sein, ohne die Pflege meiner Mutter auszukommen.

Sobald ich genesen war, kam alles so, wie ich es mir gewünscht hatte. Der Tag kam, an dem ich endlich nackt in den Armen meines Daniel lag, hinter den verschlossenen Türen «meiner» Wohnung. Ich sehe dieses häßliche und schlecht möblierte Zimmer wieder vor mir – ein großer Tisch, ein Schrank, ein Büchergestell und, links, gleich neben dem Eingang, das Bett, auf dem wir uns so oft geliebt haben, mit der Gewißheit, die unser Glück schmerzlicher und intensiver machte, daß wir uns bald würden trennen müssen, daß jeder Augenblick, den wir zusammen erlebten, dem Leben abgetrotzt war, das uns erwartete und das wir jeder ohne den andern würden führen müssen, er irgendwo in Italien, ich wer weiß wo und mit wem.

Ich erinnere mich, wie ich manchmal genau so auf ihn wartete, wie ich früher auf meinen Vater gewartet hatte. Die Stirn gegen die Scheibe gepreßt, jedesmal mit derselben Angst: «Heute abend kommt er sicher nicht.» Er ist immer gekommen, kein einziges Mal habe ich umsonst auf ihn gewartet. Ich sah ihn auf dem Trottoir dieser grauen, ein wenig traurigen Straße daherkommen. Er ging schnell, er wußte, daß unsere Zeit bemessen war und die Abende kurz, denn um elf mußten sie alle wieder in ihr Mietshaus-Lager zurückgekehrt sein. Dann stieg er die Treppe hoch, und ich horchte auf seine Schritte. Wenn ich die Türe öffnete, sein Lächeln. Wir setzten die Lektüre fort, die wir in Grange-Canal begonnen hatten. Wir haben zusammen die ganze «Hölle» von Dante gelesen. Ich konnte genug Italienisch, um mich mit Daniels Hilfe in diesen Text vertiefen und dank ihm noch mehr in die Schönheiten dieser Sprache eindringen zu können, die ich immer geliebt hatte, so sehr, daß ich sie früher neben der Schule, rein aus Freude, gelernt hatte. Ich korrigierte auch seine «Französischaufgaben», die Arbeiten, die er für die Universität machen mußte. Alles war da: körperliche und geistige Übereinstimmung, Zärtlichkeit, Austausch. Und dazu das Salz der Tränen, das unser Glück würzte. Wir wußten nicht, wann die Trennung erfolgen würde. Wir ahnten nur, daß das bald sein würde. Wenn der Krieg beendet wäre, würde man die Heimschaffung der Internierten an die Hand nehmen. Es war ein grausames Paradox, daß das Ende des Alptraums, dieses so lange erwartete, erhoffte Ende, das nicht kommen wollte, für uns die Stunde ankündigte, in der wir auseinandergerissen würden.

Ich habe den 8. Mai nicht vergessen. Diese plötzliche Ausgelassenheit in allen Straßen, die Fahnen, die überall auftauchten, diese neutralen und zurückhaltenden

Schweizer, die nun den Sieg feierten. Ich suchte an diesem Abend Zuflucht bei meinen Eltern. Hin- und hergerissen zwischen Erleichterung und Aufruhr: Gewiß, der Krieg war zu Ende, aber Europa war bedeckt mit Toten und mit Ruinen, und niemand würde all jene wieder lebendig machen, die überall gefallen waren. Die Freude der Leute, die in den Straßen schrien, sich betranken, russische und amerikanische Fahnen schwenkten, war wie eine Beleidigung der Millionen Toten. Hätten sich die Schweizer nicht besser ein bißchen zurückgehalten und mehr Würde gezeigt? Ich hätte mir gewünscht, sie würden diesen 8. Mai 1945 auf andere Weise begehen, wie genau, wußte ich auch nicht. Jedenfalls war ich natürlich im Unrecht, wenn ich immer gegen den Strom schwamm, und all das empfand ich sicher nur deshalb so stark, weil ich jetzt wußte, daß ich Daniel sehr bald verlieren würde.

Es dauerte allerdings noch zwei Monate. In dieser Zeit erfuhr man, daß das Grauen alles übertraf, was man sich vorstellen konnte, in dieser Zeit entdeckte man die Konzentrationslager: Auschwitz, Mauthausen, Ravensbrück, Dachau, unaussprechliche Wirklichkeit. Und dann die Angst: Wenn die Menschen fähig waren, ihresgleichen solches anzutun, so würde die Befreiung der Überlebenden, würden die Verhaftungen und Prozesse dem kein Ende setzen können, das würde sich ausbreiten wie eine Seuche. Und wirklich, jetzt, während ich diese Zeilen schreibe, geht es so weiter. Aber heute –

und das ist vielleicht das Allerschlimmste – hat man sich daran gewöhnt.

Zwei Monate. Anfang Juli reisten die italienischen Studenten vom Boulevard des Tranchées ab. Der letzte Abend kam, und ich sehe mich, wie ich an der Wand im Korridor neben der Türe lehne, die Daniel in wenigen Augenblicken öffnen wird. Er küßt mich, er sagt auf italienisch:

Was soll ich sagen? Ich war so glücklich.

Ich spiele nicht die Standhafte wie damals in Cologny. Ich weine zum ersten Mal in seiner Gegenwart, und auch er hat die Augen voller Tränen. Und dann geht er die Treppe hinunter, man hört seine Schritte auf der Straße.

Ich habe nicht die Kraft gehabt, ihm nachzusehen.

Am andern Tag bin ich in der Wohnung meiner Eltern, sitze neben dem Radio. Über den Kurzwellensender wird die Liste der heimgeschafften Italiener durchgegeben. Warum ist es für mich so wichtig, lebenswichtig, Daniels Namen genannt zu hören? Ich weiß es nicht. Auf jeden Fall wird die Sendung ausgerechnet in dem Augenblick undeutlich, da die Familiennamen mit G aufgezählt werden, wie Daniels Name, der nun nicht mehr zu hören ist.

Was hat mich in diesem Augenblick überflutet? Eine rote Welle, Verrücktheit, wo ist die Haltung, die ich gestern noch zeigte? Ich schüttle das Radio, ich werfe

mich aufs Sofa, ich schlage um mich, als mich meine Mutter zu beruhigen versucht: «Faß mich nicht an, faß mich auf keinen Fall an!» Das sind genau die Worte meines Vaters, wenn seine Wut am größten ist.
Beruhige dich, sagt sie, was hast du denn davon, wenn du seinen Namen gehört hättest?
Aber was mich jetzt ergreift, hat mit dieser Begebenheit schon nichts mehr zu tun. Das kommt von weit her – Wut, Auflehnung, Verzweiflung, alles durcheinander ist in diesem Heulen, das ich nun nicht mehr zu unterdrükken suche. Meine gute Erziehung, meine Zurückhaltung, Diskretion, alles kotze ich aus. Endlich wage ich es, sie auszukotzen.
Beruhige dich, wiederholt meine Mutter.
Aber ihre Worte erreichen mich nur wie aus weiter Ferne. Und sie steigern meine Wut noch. Jetzt gehe ich auf meine Mutter los; weil sie nun einmal da ist, wird sie zum Opfer meines Zorns, wie sie so oft zum Opfer des Zorns meines Vaters geworden ist.
Ich weiß es nicht mehr genau, ich habe die Verwünschungen, die ich ihr an den Kopf werfe, vergessen, aber ich erinnere mich daran, wie ich durch die ganze Wohnung bis zum geschlossenen Küchenfenster gerannt bin. Wie ich es ganz weit aufgerissen habe, wozu? Während ich das tue, fühle ich, wie die rote Welle von mir wegfließt: Ich finde mich allein auf einem verlassenen Strand, grau, unbeweglich alles, Leere, das Echo meiner Schreie klingt herüber aus einer anderen Welt, die

Tränen, die mir nun die Wangen herunterfließen, erkenne ich.
Was wolltest du tun? fragt meine Mutter sanft.
Ihre Hand liegt neben der meinen auf dem Fenstergriff.
Ich weiß es nicht, nichts.
Der Straßenlärm dringt bis zu uns herauf. Ich schließe das Fenster wieder. Alles ist wieder an seinem Platz. Daniels Abwesenheit (der Zug rollt jetzt in Richtung Mailand) wird fühlbar in mir. Sie wird von jetzt an Teil meines Lebens sein. Aber ich werde nicht mehr schreien.

Ich möchte meine Geschichte hier beenden. Aber sie ist nicht vollständig. Ich muß auch von dem Sommer erzählen, der dann folgte. Von Marc. Ich kann Marc nicht verschweigen. Da war ich, mit meiner verlorenen Liebe, meiner Trauer. Ich würde allein leben, lange treu bleiben. Eine Zukunft voller Entbehrung, Nachdenklichkeit, Erinnerungen und Sehnsucht erwartete mich, und ich freute mich darauf. Ich hatte das Gefühl, endlich im Einklang mit mir selbst zu sein, und ich mochte dieses Bild, das ich mir von mir machte, bis Marc kam und es so schnell zerstörte.
Ich weiß nicht mehr, wie viele Wochen nach Daniels Abreise ich Marc bei einer Bürokollegin begegnete. Vielleicht waren es vier, vielleicht fünf, nicht mehr – da läßt sich nichts beschönigen. Am Morgen hatte diese Kollegin zu mir gesagt: «Kommen Sie doch heute abend

zu mir, ich habe ein paar Freunde eingeladen.» Warum habe ich die Einladung angenommen, wenn ich doch so entschlossen war, zurückgezogen zu leben?
Marc. Zweiundzwanzig. Gutaussehend. Sehr lustig. Er hat mich nach Hause gebracht, und statt uns zu trennen, haben wir uns zusammen auf eine Bank am Quai gesetzt und haben lange geplaudert. Wir haben Pläne gemacht: Seine Eltern hatten ein Haus im Tessin, nicht weit von Brissago entfernt, wohin ich bald in die Ferien gehen würde: Wir würden uns wiedersehen, Velotouren machen, schwimmen gehen. Die Freude, die mir diese fröhlichen Pläne bereiteten, schien mir frevelhaft, so als wäre ich Daniel schon untreu geworden, erwartete ich doch jeden Tag einen Brief von ihm, der niemals kam – aber offenbar funktionierte die italienische Post noch nicht sehr gut.
Meine Mutter und ich sind nach Brissago gefahren, und die Ferien, die wir dort verbrachten, waren ganz anders, als sie seit 1942 gewesen waren.
Die Glocken am gegenüberliegenden Ufer läuteten nun nicht mehr in einem Land, das sich im Krieg befand, das Schiff, das vom oberen See herkam, war kein düsterer Bote mehr. Die ersten Ferien in der Friedenszeit. Ich nahm die «Göttliche Komödie» mit auf die Hügel, ich setzte mich auf ein Dach, weil ich von hier aus nach Italien sehen konnte, und ich fuhr in der Lektüre fort, die ich mit Daniel begonnen hatte. Ich war in Gedanken bei ihm. Dante verband uns. Ich war allein, nachdenk-

lich und traurig – noch viel trauriger, weil das «Fegefeuer» so viel schwieriger zu lesen war als die «Hölle», und außerordentlich langweilig.
Und dann kam Marc auf seinem Velo aus dem Mendrisiotto, wo sich das Haus seiner Familie befand. Er hatte schnell den Monte Ceneri überquert und schlug mir vor, ihn bis zum San Bernardino zu begleiten. Für diesen Ausflug würde man natürlich länger als einen Tag brauchen, aber wir würden leicht etwas zum Übernachten finden, sagte Marc, eine Scheune zum Beispiel. Ich habe die «Göttliche Komödie» weggelegt, das Buch im Hotelzimmer zusammen mit meinem Fleiß, meiner Trauer und meinen Erinnerungen liegenlassen, und wir sind aufgebrochen. Zuerst haben wir an einem kleinen Strand gebadet, dann das Seeufer verlassen, sind durch die Magadinoebene bis nach Bellinzona geradelt, bevor wir die Mesolcina in Richtung Bernardino in Angriff nahmen. Am späten Nachmittag kamen wir in ein Dorf, das Grono hieß. Wir haben gegessen, und Marc hat eine alte Bäuerin nach einer Scheune gefragt. Wozu braucht ihr eine Scheune? hat die Alte gefragt. Um da die Nacht zu verbringen. Aber nur Tiere schlafen in Scheunen, hat die Alte gesagt, warum suchen Sie nicht Zimmer, im Dorf sind welche frei... Ich war auch dieser Meinung, ich hatte keine große Lust, die Nacht in einer Scheune zu verbringen. Aber Marc wollte es unbedingt: Es ist wunderbar, im Heu zu schlafen, sagte er, du wirst sehen.

Schließlich fanden wir sie, die Scheune. Ich erinnere mich nur undeutlich daran. Ich weiß noch, wie gut das Heu roch und wie es angenehm meine nackten Beine kitzelte. Ich weiß, daß ich schlecht geschlafen habe. Und daß wir uns liebten, Marc und ich, fröhlich, als gute Kameraden.

Am anderen Morgen sind wir weitergefahren. Wir haben aber recht bald nicht mehr die Richtung verfolgt, die zum Paß führt, sondern sind den Ufern der Moesa entlanggeschlendert. Es war schönes Wetter, der Krieg war zu Ende, wir liebten uns gerade genug, daß wir uns miteinander wohl fühlten, aber nicht so sehr, daß wir es ernst genommen hätten. Etwas Leichtes, die Freude, miteinander lachen, jung sein zu können in diesem ersten Friedenssommer.

Als ich erschöpft zurückkam, fand ich Brissago in dikken Rauch gehüllt; eine Feuersbrunst war auf den Hügeln ausgebrochen, genau über dem Dorf. Ich habe mit diesem bitteren Geruch um mich her gebadet, und der See war vom Schweiß auf meinem Körper so salzig wie das Meer. In meinem Zimmer erwartete mich Dante wie ein Vorwurf.

Ich habe Marc während des Aufenthalts im Tessin wiedergesehen. Wir haben den Monte Generoso erstiegen und sind dann singend zu Fuß zum Haus seiner Eltern zurückgekehrt. Die Madonnina auf dem Dom von Mailand leuchtete aus der Ferne herüber. Wir hielten uns bei der Hand, und ich hatte vorher nie diese Sorglosigkeit gekannt, diese Freude, vor mir eine ganze Zukunft zu sehen, so viele Möglichkeiten und Dinge, die es zu entdecken gab.

In Lugano haben wir uns getrennt, und in Lugano haben wir von der Bombardierung Hiroshimas gehört. Ich konnte mir unter einer Atombombe nicht viel vorstellen. War sie wirklich anders, schlimmer als all die Bomben, die man in den letzten sechs Jahren tonnenweise auf die Erde fallen ließ? Ja, sagte Marc, der Medizin studierte, ja, sie ist anders, viel schlimmer, und was eben geschehen ist, ist sehr schlimm. Wir saßen auf einer Terrasse am Quai. Das wird unvoraussehbare Folgen haben, sagte Marc. Etwas Neues beginnt, eine neue Zeit. Er war plötzlich sehr ernst. Und ich begann allmählich zu begreifen, daß der Aufschub schon vorbei war, daß der Schrecken weiterging, daß er nur das Lager gewechselt hatte und daß die Menschheit in den kommenden Jahren einer noch unfaßbaren Bedrohung ausgeliefert sein würde. Der Krieg von 1939–45 war zu Ende, aber wir waren nicht quitt. Wir würden es niemals sein.

Ich dachte auch an meinen Verrat an Daniel, gewiß, und daß ich dem Ideal, das ich mir gesetzt hatte, nicht treu geblieben war; aber ich fand auch, ich hätte richtig gehandelt, trotz allem, wenn ich diese sonnigen Stunden mit Marc teilte. Von jetzt an mußte ich wachsam sein und keine Freude verschmähen, sondern im Gegenteil versuchen, jede Minute so auszukosten, als wäre sie die letzte.

Ich glaubte nun, ich sei fähig, den Genuß von der Liebe zu unterscheiden, die Freundschaft von der Zärtlichkeit, die Kameradschaft von der tiefen Gemeinsamkeit. In diesem Sommer von Hiroshima hatte ich mich zum erstenmal so akzeptiert, wie ich war. Ohne zu mogeln. Von jetzt an brauchte ich nur weiterhin mit offenen Augen zu leben.
In einer Welt, die jetzt vom Schatten dieses Pilzes beherrscht war, in der so viele Tote, lebendig Verbrannte, Verstümmelte, Gedemütigte unsere kleinen persönlichen Erfahrungen für immer lächerlich machen würden.

Schon kurz nach diesem Intermezzo war mein Kummer wieder da. Und ich brauchte lange, bis Daniels Abwesenheit für mich einigermaßen erträglich wurde, die Verzweiflung darüber, daß er ohne mich lebte, weit weg von mir, für immer.
Wir haben uns zum letztenmal im Mai 1947 in Bologna gesehen. Er war traurig, müde. Er sagte, er verstünde sich nicht gut mit seiner Frau, sie verfolge ihn mit ihrer Eifersucht, und wirklich schien er unruhig, wie eingekreist, so als fürchte er, sie wäre ihm gefolgt. Was konnten wir uns nun noch geben? Einige Augenblicke flüchtigen gestohlenen Glücks, ein bis zwei Mal pro Jahr, das die Trennung jedesmal noch schmerzlicher machen würde. Wir mußten den Mut haben, voneinander zu lassen: Ohne daß wir es uns eingestanden, dachten wir beide daran.

Was mich nach all den Jahren erstaunt, ist, daß wir nicht einen Augenblick die Möglichkeit erwogen haben, zusammenzubleiben. Daß vor allem ich nie daran gedacht habe. Hatte ich denn einen solchen Respekt vor diesem Katholizismus, der in Übereinstimmung mit dem Staat in Italien die Scheidung verbot, wo ich doch gar nicht wußte, ob Daniel gläubig war, ob er praktizierte. Oder fürchtete ich, daß der graue Alltag eine Liebe, die bis jetzt fast nur aus intensiven Momenten bestanden hatte, aufreiben, verändern könnte? Das alles spielte sicher eine Rolle dabei, aber ich fühlte auch, ganz tief in mir drin, daß ich nie versuchen würde, über eine Rivalin zu triumphieren, wer sie auch sei, nicht so sehr aus moralischen Skrupeln, sondern aufgrund eines sehr alten Tabus.

Wenn ich in meinem Leben wirklich einmal die Verzweiflung gekannt habe, so muß es damals im Zug gewesen sein, der mich nach dieser letzten Begegnung nach Florenz zurückbrachte. Mir gegenüber aß eine dicke Frau Spaghetti, die sie auf dem Bahnhofquai gekauft hatte. Die Tomatensauce bekleckerte ihr Kinn, während sie gierig die langen widerspenstigen Würmer verschlang, die sie nicht einmal zu zerteilen suchte und die bis auf den Kartonteller auf ihren gespreizten Knien hinunterhingen. Es war so widerlich, daß mir schlecht wurde. Der Abscheu vor diesem Schauspiel, das mir ein Sinnbild für die ganze Welt wurde, erfaßte mich, der Abscheu vor dem Leben ohne Daniel, das mich erwartete, vor dieser Leere, in der ich mich ohne ihn behaupten mußte. Der Zug fuhr über die provisorischen Brücken, die mich bei früheren Reisen in Furcht versetzt hatten, weil sie unter dem Gewicht der Wagen zitterten und schwankten. Diesmal empfand ich keine Angst, ich hatte nichts mehr zu verlieren. Einen solchen Ekel vor dem Leben, vor dem Kampf hatte ich früher nicht gekannt.

Sollen diese hastig gebauten Brücken doch nur einstürzen, wenn die Menschen doch so gemein, so blöde gewesen sind, die andern, die richtigen, soliden mit Bomben zu zerstören! Ich mag diese Ruinen nicht mehr sehen, diese Hausskelette, diese Tankwracks, ich mag mich nicht mehr in diesem Friedhof herumtreiben, zu dem Europa geworden ist. Die Katastrophe ist überall und unheilbar. Und unsere Tragödie, meine und die Daniels, ist nur ein ganz winziger Teil davon.

Gott, wenn diese Frau nicht endlich mit ihrem Spaghettifressen aufhört, stürze ich mich zum Abteilfenster hinaus.

Sie hat sich das Kinn mit dem Handrücken abgewischt, sie hat den Kartonteller zusammengefaltet und unter die Bank geworfen. Dann hat sie gemächlich ihre von Sauce triefenden Finger abgeleckt, einen nach dem andern. Schließlich hat sie ihre Hände über ihrem Bauch verschränkt und die Augen geschlossen. In ihren Mundwinkeln blieben noch Spuren von Rot.

Nach diesem Alptraum auf der Fahrt Bologna–Florenz

habe ich allmählich begonnen, mich von Daniel zu lösen.

12. Februar 1975

Simone de Beauvoir an jenem Abend auf dem kleinen Bildschirm: «Ich rate den Frauen, nicht zu heiraten, und vor allem, keine Kinder zu haben. Kinder sind in unserem Zeitalter die schlimmste Sklaverei für die Frau.» Bin ich altmodischer als sie? Oder geblendet, verzaubert? Vielleicht. Ich weiß aber ganz sicher, aus dem Bauch heraus, daß ein Kind zur Welt zu bringen etwas Wunderbares ist. Das ist das einzige wirklich exklusive Privileg der Frau. Und niemand soll mir weismachen, daß die Männer nicht im geheimen darauf eifersüchtig sind. Aus ihnen strömt der Lebensstoff in einigen Sekunden, sie wissen nicht, wie es ist, Leben in sich zu tragen, zu nähren. Den Beweis dafür liefern die Abrakadabrageschichten, die sie – der alte Freud allen voran – darum herum erfunden haben. Zuerst die, daß das kleine Mädchen dem kleinen Jungen seinen Penis neidet und sich unvollständig fühlt, sobald es den Unterschied entdeckt: In Wirklichkeit haben Mädchen diesen «Penisneid» nur, weil der Penis in unserer von Männern beherrschten Gesellschaft Macht repräsentiert. Als kleines Mädchen – eingesperrt und verloren in der Erwachsenenwelt, abhängig von diesem allmächtigen Vater mit seinen unvorhersehbaren Launen – wollte ich natürlich ein Junge sein. Wenn ich ein Junge wäre, dachte ich, hätte ich keine Angst, dann würde ich zu den Starken gehören. Gilliane, das ausgeglichene, glückliche kleine Mädchen findet ihr eigenes Organ viel hübscher und appetitlicher als das der Jungen. Dieses Ding, das da herunterhängt, ist nicht hübsch. Aber die Männer gehen noch weiter: Wenn gewisse Frauen gerne schwanger sind, so nur deshalb, weil der Fötus für sie ein Ersatz für den Penis ist, weil sie sich so gewissermaßen den Penis einverleibt haben. Daß ich nicht lache. Einen Penis zu besitzen scheint mir viel unbedeutender zu sein als diese wunderbare Möglichkeit, das Leben in sich zu tragen, zu fühlen, wie man allmählich, Tag für Tag, in sich ein menschliches Wesen erschafft.

Bis ich vierzig war, glaubte ich, ich könnte keine Kinder bekommen. Und dann auf einmal diese schicksalhafte Wendung, diese unglaubliche, unvorhergesehene Sache.

Wochenlang war ich voller Verwunderung, Unglauben und Zerrissenheit, nachdem mir ein Gynäkologe bestätigt hatte, daß ich schwanger sei. Aber, sagte er, machen Sie sich nichts daraus, wenn Sie es nicht behalten wollen. In Ihrem Alter ist es leicht, eine Indikation zu erhalten. Kein Problem. Wenn Sie aber dieses Kind haben möchten, so helfen wir Ihnen, diese Schwangerschaft auszutragen.

Zuerst: ein Kind kommt nicht in Frage. Armes Ding,

das so alte Eltern haben würde. Über sechzig würden sie sein, wenn es zwanzig wäre, wirklich unmöglich. Mich beim Radio mit einem dicken Bauch zeigen, alle würden sich über mich lustig machen! In meinem Alter noch mit Schöppeln anfangen, das wäre einfach lächerlich. Übrigens sind meine Tage so ausgefüllt, meine Arbeit ist so wichtig in meinem Leben, wo hätte da ein Kind noch Platz? Die Windeln, die Saugflaschen? Lächerlich.

Aber mein Lachen war ein schiefes Lachen. Ich wußte genau, daß ich dieses Kind wollte, daß ich heulen würde, wenn man es mir entrisse. Keine Frage der Religion, der Moral, nein. Das war instinktiv, animalisch, so viel wahrer, so viel stärker als alle Vernunft, alle guten Gründe. Und zugleich: Du hast kein Recht dazu. Es ist zu spät. Alles kommt zu spät in deinem Leben.

Ich habe getan, was mein Kopf mir zu tun befahl. Mein Arzt hat mir ein Zeugnis ausgestellt, daß eine Schwangerschaft meine Gesundheit zu sehr gefährden würde. Mit diesem Zeugnis war es ein leichtes, dieses gewisse Papier zu erhalten, mit dem ich in eine Klinik eintreten und ganz legal abtreiben konnte. Ich machte mit der Ärztin, die die Entscheidung fällen würde, einen Termin aus. Aber schon am nächsten Tag habe ich wieder abgesagt. Ich habe mich mit gesenktem Kopf in dieses vielleicht unsinnige Abenteuer gestürzt. Perceval hat mir geholfen. Er wußte auch nicht genau, auf welche Weise wir dieses Kind in unser Leben integrieren soll-

ten, aber er hat gesagt: «Wenn du es behalten möchtest, so behalte es. Und alles wird in Ordnung kommen, irgendwie wird es gehen, du wirst sehen.»
Erstaunlich, diese Schwangerschaft. Ohne Übelkeit. Ohne irgendwelche Probleme. Und meine Arbeitskollegen haben sich nicht über mich lustig gemacht, oder sie haben es wenigstens nicht gezeigt. Ich habe mich keinen einzigen Tag lang ausgeruht, ich habe bis zuletzt meinen Wagen gesteuert und mich nie so glücklich und ausgeglichen gefühlt. In einer bestimmten Nacht hat das Baby, dieses unbekannte Wesen in mir, mir ein Zeichen gegeben, indem es begonnen hat, sich in meinem Bauch zu bewegen. Und von dieser Nacht an haben wir wirklich zusammen gelebt, es und ich. Wir wurden Komplizen: Ich ging an wichtige Sitzungen, und weil ich noch nicht sehr dick war, vermutete niemand, daß ich schwanger sein könnte. Während ich meine Rolle spielte und ernsthaft mit meinen Gesprächspartnern verhandelte, drehte und wendete sich das Baby in mir drin, und ich hatte Lust, laut zu lachen: Wenn die wüßten, was für einen Streich wir ihnen spielen werden, du und ich!
Ich bin viel spazierengegangen: Diese Geburt wollte ich bestehen wie eine sportliche Prüfung, obschon ich schon über vierzig war. Ich mußte mir also Mühe geben. In jenem Winter und Frühling habe ich Kilometer um Kilometer absolviert, und auch unter der Sommersonne. Ich habe viel Milch getrunken, weil das Kalzium, so sagte der Arzt, für mein Kind wichtig sei. Jetzt gab es

mir in der Nacht, wenn ich im Bett war, schon richtige Fußtritte, und man sah die Form des kleinen Fußes durch meine Haut hindurch, und mein ganzer Bauch zitterte von diesem Leben, das in mir geboren wurde. Eine banale Geschichte, gewiß, die Milliarden und Milliarden von Frauen immer wieder erleben, und doch schien mir, ich hätte nie so etwas Erstaunliches erlebt, so etwas Wunderbares, das mir so sehr gehörte.

Ich bin froh, daß ich die Geburt miterleben konnte und bis zum Schluß wach geblieben bin. Kurz bevor das Kind kam, hat mich der Arzt gefragt: Möchten Sie ein Mädchen oder einen Jungen haben? Ich habe gesagt: ein Mädchen, ich möchte ein Mädchen. Und das Kind kam heraus, ich habe gesehen, wie es aus mir herauskam, wie es seine Arme und Beine ausbreitete, wie es sich streckte, ich habe seinen Schrei gehört. Der Arzt hat nichts gesagt, hat es mir nur gezeigt, und das erste, was ich von Gilliane sah, war die winzige Spalte ihres Geschlechts.

Ein paar Minuten später dieses kleine Mädchen in seiner Wiege. Unglaublich. Die Augen ganz offen, saugt sie mit ruhiger Sicherheit an ihrem weißen Handschuh. Da bin ich also, und ich werde von jetzt an euer Leben bestimmen. Woher gekommen? Dieses Geheimnis, das sie umgibt, dieses Nichts, aus dem sie vor neun Monaten kam. Hätte ich sie dahin zurückstoßen können?

Die Abtreibung soll straffrei sein, das ist klar, die Ungerechtigkeiten sind offenkundig. Aber sie soll nie zu

einer allzu leicht erreichbaren Lösung werden. Ich sehe Gilliane manchmal an: Der Embryo von einigen Wochen, den man mir vorschlug «beiseite zu schaffen», das war sie. Es ist unmöglich, nicht daran zu denken, wenn ich den langen Debatten über den Schwangerschaftsabbruch zuhöre. Dieser unförmige Zellhaufen, in dem schon ein Herz schlug, das war sie. Ich glaube, ich hätte mein Leben lang um sie getrauert.
Natürlich war es nicht leicht. Die Schoppen, ja die Windeln haben die Wohnung überflutet. Das nächtliche Schreien. Die Angst auch: Dieses offenbar so zerbrechliche Leben, welches Wunder braucht es, daß es weitergehen kann? So viele Pflichten, auf die ich nicht vorbereitet war. Aber eines Tages das erste Lächeln. Und – Perceval hatte recht – alles hat sich allmählich ineinandergefügt, organisiert. Gilliane hat sich ihren Platz bei uns erobert, hat sich eingerichtet. Hat uns verändert.
Aber sie hat mich nicht zur Sklavin gemacht. Was sie mir gebracht hat, was sie mir jeden Tag von neuem bringt, ist viel mehr, als was ich ihr vielleicht geopfert habe. Und wenn es nur das wäre: Bevor es sie gab, bedeutete die verfließende Zeit das Altern aller Lebewesen, die mich umgaben, mein Altern ebenfalls. Die Abnützung. Dank ihr bedeutet nun die Zeit auch wachsen, Fortschritte machen, vorwärtsschreiten, sich entwikkeln. Aufstieg statt Abstieg. Oft möchte ich ihr dafür danken.

Da sitzt sie vor mir am Boden, an meine Knie gelehnt, und ich trockne ihr das Haar. Sie hat schöne Haare, die einen roten Schimmer bekommen, wenn sie frisch gewaschen sind. Sie sind jetzt sehr lang, und es braucht viel Zeit, um sie zu trocknen. Ich nehme sie zwischen meine Finger, ich glätte die Strähnen, damit sie weniger dick sind, ich kämme sie durch und breite sie auf den Schultern aus. Schließlich vergesse ich den praktischen Aspekt des Vorgangs, ich spiele mit dem Haar von Gilliane, das sich unter meinen Fingern warm anfühlt. Ich mag die Augenblicke, in denen unsere Beziehung nicht die von Mutter und Tochter, sondern einfach die zwischen zwei Menschen ist, die gerne zusammen sind. Ich hatte nicht unrecht, vor zwölf Jahren, daß ich der Person «Mutter», die ich nun zu verkörpern haben würde, mißtraute. Die Mutter, die einen am Tanzen hindert, die drohende Mutter, die Erpresserin-Mutter, die besitzergreifende oder kastrierende Mutter, oder, das Gegenteil, aber wohl die schlimmste von allen: die sich für ihre Familie aufopfernde Mutter. In welche dieser Fallen würde ich hineintappen? Wahrscheinlich ein wenig in alle. Oder würde es mir gelingen, ihnen zu entrinnen? Ich weiß nicht. Ich weiß aber, daß nach unserer Trennung (denn ein Kind zur Welt zu bringen, das man neun Monate lang in seinem Körper getragen hat – diese vollkommene Einheit, die man später das ganze Leben lang vergeblich wiederherzustellen versucht –, bedeutet Trennung, eine der schmerzlichsten, die es wahrscheinlich gibt), nach unserer Trennung also, diesem Abschied von dem Teil meiner selbst, der mir der kostbarste geworden war – nachdem ich staunend dieses kleine Wesen entdeckt hatte, das so allein, so verloren schien in all der Kälte um es herum –, habe ich, so oft ich konnte, mir zu sagen versucht, daß dieses Kind mir nur anvertraut sei, damit ich es lehre, unabhängig zu werden, stark genug, um sich ganz von mir zu trennen. Daß ich kein Recht auf es habe, aber auch keine Pflichten ihm gegenüber, die meine Möglichkeiten übersteigen. Doch es ist nicht leicht. Immer wieder ertappt man sich dabei, daß man ausgerechnet die Rolle spielt, mit der man sich nicht identifizieren wollte: Tu dies nicht, mach jenes nicht, hast du warm genug? Iß deine Suppe. Diese übernommenen Verhaltensweisen können sehr leicht, wenn man sich nicht in acht nimmt, die echte Beziehung ersetzen, die Liebe, Achtung, Wahrheit einschließt.

Jetzt, da du hier bist, Gilliane, an mich gelehnt, da ich unter dem Vorwand, es zu trocknen, dein weiches, glänzendes Haar streichle, ohne daß wir miteinander sprechen – weil du liest –, spüre ich zwischen uns etwas Starkes, Zärtliches. Wenn es Glück gibt, so bin ich jetzt glücklich, da der Fön sich über deinem runden Kopf hin und her bewegt, über dieser glatten Stirn, die du gewöhnlich unter deinem Pony verbirgst, über diesem Gesicht, das sich jeden Tag ein wenig verändert und das ich sehr bald kaum wiedererkennen werde.

Das Glück... Ich möchte alle Türen und Fenster schließen und es vor all dem beschützen, was es bedroht. Es scheint mir so flüchtig, daß ich jedesmal Angst habe, wenn es mich streift wie ein Blitz. Wie wird das Leben dieses kleinen Mädchens sein, das da so friedlich und vertrauensvoll an meinem Knie lehnt, welche Prüfungen wird sie zu bestehen haben? Dieses Zimmer, dieser Augenblick im Lampenschein, das beruhigende Surren des Föns, und darum herum die Welt. Man kann sie nie lange vergessen. Sie dringt von überallher herein, sie umzingelt einen, und seit meiner Kindheit hat sie sich auf unglaubliche Weise vergrößert.

Damals beschränkte sie sich für mich, aber auch für die Erwachsenen um mich her auf das Land, in dem wir lebten, auf die Stadt. Eine Stadt, ein Land, in denen die Dinge scheinbar «in Ordnung» waren, sicher, wo die Leute freundlich, gut angezogen, ein Leben ohne Schicksal führten.

Alle Schrecken gehörten der Vergangenheit an: Inquisition, Verfolgungen, Kriege. Allerdings begann sich vor unserer Türe der Nazismus und der Faschismus zu regen, aber nur wenige ahnten, welche Bedrohung das für uns bedeutete. Sogar der Bürgerkrieg in Spanien, eine Art Hauptprobe, blieb für uns Jugendliche das ferne, abstrakte Drama: Ich erinnere mich nicht, jemals in der Schule darüber gesprochen zu haben, weder mit den Lehrern, noch mit den Mitschülern. Wir lebten in unserer kleinen, abgeschlossenen Welt, mit unseren kleinen Sorgen, mit unseren etwas einfältigen Träumen, mit unserer Ignoranz all dessen, was nicht zu uns gehörte. Diese Welt zerbrach wie eine Eierschale im September 1939. Aber, um darauf zurückzukommen, ich glaube, daß für mich und für sehr viele meines Alters der große Schock kam, als man die Konzentrationslager entdeckte. Und auch dann noch versuchten wir natürlich, uns irgendwie abzusichern, indem wir uns einredeten, nur eine solche Verirrung wie die Naziideologie mache so etwas möglich. Aber die Bomben von Hiroshima und Nagasaki zeigten dann auf einmal, daß sogar die netten Amerikaner zu Grausamkeiten fähig waren. Von da an hatten wir keinen sicheren Boden mehr unter den Füßen: Waren wir, wir alle vielleicht die Bösen, die Folterer, die Mörder? Die ganze menschliche Spezies? Zu allem fähig, zum Besten wie zum Schlimmsten? In den dreißig Jahren, die seither verflossen sind, haben sich die Gründe, das zu glauben, vervielfacht. Inzwischen ist es unmöglich geworden, Glück anders als nur in flüchtigen Streiflichtern zu empfinden.

Die Indianer ausgerottet, die Kurden dezimiert, die vier Millionen Bettler von Bombay, die Verfolgten aus Chile, die Tausende von Toten der russischen Gulags, die Gefangenen in Spanien, die von Napalm Verbrannten in Vietnam, die Gefolterten in Iran, die von der Quecksilberkrankheit Verstümmelten in Minimata, ich vergesse natürlich viele, auch die, die Hungers sterben, während wir uns zu Tode essen.

Die Situation wird immer klarer: Entweder werden wir alle gerettet, sie und wir, die wir es wissen, die wir es wissen müssen, oder wir gehen alle zusammen in einer riesigen, noch nicht vorhersehbaren Katastrophe unter. Wir werden euch, Gilliane, dir und den andern, die im Jahre 2000 dreißig oder fünfunddreißig Jahre alt sein werden, eine Welt hinterlassen, die mir angst macht. Und doch, irgendwie ziehe ich sie der Welt aus Unwissenheit, Heuchelei und Lügen, in der wir in deinem Alter lebten, vor.

17. Februar 1975

Dieser schreckliche Traum, letzte Nacht. Es läutet an der Türe, meine Mutter und ich öffnen, und mein Vater kommt schwankend und uns anrempelnd herein. Verblüffung. Dann verstehe ich: Er hat zuviel getrunken. Ich schrecke aus dem Schlaf auf, habe den Eindruck, diese Szene schon erlebt zu haben. Aber wie ich in meinen Erinnerungen krame, merke ich, daß das nicht stimmt. Mein Vater war nie so betrunken, daß er, wie im Traum, sich nicht mehr richtig auf den Beinen halten konnte. Nie. So sehr allerdings schon, daß sein Schritt unsicherer war als sonst, seine Bewegungen langsamer und ungeschickter. Dieser Traum zwingt mich dazu, zuzugeben, was ich bis jetzt, wenn ich davon erzählt habe, wie meine Mutter und ich auf den Vater warteten, verschwieg. Dieses Warten war auch so angstvoll, weil wir nie wußten, in welchem Zustand er nach Hause kommen würde, und je später es wurde, desto größer war die Gefahr, daß er «benebelt» sein würde, wie wir dem sagten, so als könnte dieser beschönigende Ausdruck unsere Angst in Grenzen halten. Seine Art, aus dem Tram auszusteigen, zeigte uns, in welchem Zustand er war, und wie er dann bis zum Haus marschierte, die Lifttüre öffnete, diejenige im Erdgeschoß, aber vor allem – und das war der Moment, da ich am liebsten gestorben wäre, weil die Anspannung zu groß wurde – vor allem die Art, wie er sie wieder schloß, diese Türen, und dann die Zeitspanne, die zwischen dem Augenblick verstrich, da die zweite Türe geschlossen wurde, und dem, da der Schlüssel endlich das Schlüsselloch fand. Diese Zeitspanne war oft unerträglich lang. Wenn er dann die Wohnung betrat, sah er unseren Mienen an, daß wir beunruhigt waren, ihn belauert, ausspioniert hatten, und dann wurde er zornig. Weil er sich schuldig und bloßgestellt fühlte, wandelte er sich, nach einem sehr einfachen Mechanismus, zum Henker. Und heute frage ich mich: Wie wären unsere Abende verlaufen, wenn wir ihn fröhlich, zärtlich empfangen hätten? Wenn wir ihm gezeigt hätten, daß wir ihn liebten, auch wenn er ein bißchen betrunken war?

Daß ich nach so langer Zeit davon geträumt habe, beweist mir, daß man nur schwer darüber hinwegkommt, wenn man zwischen zehn und zwanzig sich so geängstigt und geschämt hat.

Was war schwieriger zu ertragen? Wahrscheinlich die Scham. Ich dachte oft: Wenn sie wüßten! «Sie», die andern, die anständigen, die «guten» Leute! Die Eltern meiner Kameradinnen aus dieser besseren Sekundarschule, Abteilung mit Latein, etwa, die nur Mädchen aus ehrbarem Milieu besuchten. Ich fühlte mich herabgesetzt, ausgeschlossen. Ich versuchte, dieses Gefühl zu übersteigern, anders zu deuten: Ich war nicht eine von ihnen, also war ich etwas anderes, meine Kameradinnen würden ein ruhiges bürgerliches Leben führen. Ich würde anders werden, ich würde es ihnen schon zeigen. Aber ich betrog mich selbst, ich bluffte. Ich hätte viel darum gegeben, mich zugehörig fühlen zu können. Ich hatte diese anständige Gesellschaft, von der ich mich ausgeschlossen fühlte, noch gar nicht richtig in Frage gestellt: Insgeheim gab ich ihr doch recht.
Ich nehme es mir übel, daß ich diesen Traum gehabt habe. Seit langem hege ich doch keinen Groll mehr gegen meinen Vater, ich habe genug Abstand gewonnen, um seine Einsamkeit ermessen zu können. Er muß oft das Gefühl gehabt haben, mit zwei ganz fremden Menschen zusammen zu leben, ohne zu wissen, wie er mit uns, mit meiner Mutter und mir, in Kontakt kommen könnte. Ich sehe ihn, wie er in seinem Sessel neben dem Radio sitzt, das für ihn zu einer Möglichkeit wurde, vor uns zu fliehen. Er drehte es auf, er rauchte, er war da, ohne wirklich bei uns zu sein.
Das Schweigen war oft so lastend, so beladen mit Nicht-

begreifen und mit Mißverständnissen. Ich war erleichtert, wenn wir, meine Mutter und ich, zu Bett gingen und er wegging, um den Abend im Café auf der anderen Straßenseite zu beschließen.

In dieser schwierigen Zeit erhielt ich auch meine «religiöse Erziehung». Bis dahin war ich nur aus Distanz und sehr spärlich mit Religion in Berührung gekommen. Meine Mutter war katholisch, aber sie praktizierte nicht. Mein Vater war nur zufälligerweise protestantisch – ein Streit mit dem katholischen Pfarrer im Dorf war der Grund, so ging man eben zum Pastor. Ich wurde nicht getauft, was mir zu schaffen machte, weil ich auf keinen Fall anders sein wollte als die anderen Kinder. Oder vielleicht war auch die liebe Violette schuld, das Kindermädchen meiner fünf, sechs Jahre, das einer fanatischen Sekte aus dem Kanton Waadt angehörte (sie weigerte sich sogar, mit mir ins Kino zu gehen) und das mir bedeutet hatte, daß es eine Sünde, ein Makel sei, die Taufe nicht erhalten zu haben. Aber weder die Choräle, mit denen wir in meiner kleinen Schule den Tag beginnen mußten, noch die Religionskurse, die ich später besuchte, entzündeten den kleinsten Funken in mir.
Mit sechzehn dann beschloß ich, protestantisch zu werden.
Ohne mir irgendwelche Fragen zu stellen. Einfach, um mich anzupassen. Gisèle war protestantisch wie die meisten meiner Kameradinnen. Ich wußte nichts über den

Katholizismus, meine Mutter sprach nie davon. Und ich war nicht reif genug, um dazu zu stehen, daß ich keine Religion hatte. So traf ich mich denn zusammen mit Gisèle zweimal pro Woche mit einer Gruppe junger Leute in einer der Pfarreien in unserer Stadt. Und da war auch unser Pastor. Er war ein schöner, vornehmer Mann: er gehörte zu dieser «guten Gesellschaft», die so zwiespältige Gefühle in mir weckte. Wir Mädchen waren alle ein bißchen verliebt in ihn, und er wußte und genoß es.

Seine Lektionen waren nicht trocken, er liebte es, uns zum Lachen zu bringen, uns zu bezaubern. Mich nannte er zärtlich seine «kleine Heuschrecke», denn ich war schlacksig, wußte nicht recht wohin mit meinen langen Armen und Beinen. Im zweiten Jahr rief er einen nach dem andern zu «persönlichen Gesprächen», wie man das nannte, auf. Ich war schüchtern und hatte keine Lust, von mir zu erzählen, aber ich erinnere mich, daß ich große Hoffnungen in dieses Gespräch setzte. Mußte dieser Gottesmann nicht, auch ohne daß ich etwas sagte, begreifen, was mich quälte? Ein paar Monate vorher waren unsere Möbel abgeholt worden, mein Vater kam von Tag zu Tag später nach Hause, die häuslichen Szenen wurden immer zahlreicher. Ich lebte ganz einsam, auf mich selbst bezogen.

Da saß ich also meinem Pfarrer gegenüber in dem kleinen Zimmer, in dem er seine Katechismusschüler empfing. Ich erinnere mich sehr gut an die Unterhaltung.

Er sagte zuerst, ich gehöre zu seinen bevorzugten Schülern, was mich sehr freute, dann aber fügte er streng hinzu:
Du gehörst doch zu jenen, die viel mitbekommen haben. Ich hoffe, du wirst dich dessen würdig erweisen.
Was hatte ich mitbekommen? Ich fand mich häßlich, mein Leben war viel schwieriger als das meiner Kameraden. Gewiß, ich war gut in der Schule, und ich konnte gut schwimmen. Aber bestimmt spielte er nicht darauf an. Aber worauf denn? Ich wagte nicht, ihn zu fragen, aber ich fühlte meine Hoffnung schon schwinden, einfach so, ohne viele Worte, verstanden zu werden.
Dann äußerte er seine Bedenken in bezug auf meine Eltern, die nicht religiös seien und nie zur Kirche gingen. Ob ich nicht schon daran gedacht hätte, zu versuchen, sie zu Gott hinzuführen? Ich sagte, meine Mutter sei katholisch. So wenig, sagte er lächelnd, so wenig! Und er bestand darauf: Es sei meine Pflicht, ihnen dabei zu helfen, sich wieder der Kirche zu nähern. Ich dachte an alles, was wir, meine Mutter und ich, in den letzten Monaten durchgemacht hatten, an diesen Vater, der uns quälte und der das doch bestimmt nicht wollte, der auch ein Opfer war, aber wessen Opfer? Und mir schien neben all dem die Sorge darum, ob jemand zur Kirche ging oder nicht, lächerlich. Aber ich sagte: Ja, ich werde es versuchen, und wußte nun, daß dieser gescheite Mann gar nichts von meinen wirklichen Problemen

ahnte und daß diese Unterhaltung mir keinen Trost bringen konnte.
Aber er war noch nicht fertig. Er sorgte sich nicht nur um meine Eltern, sondern auch um Gisèle. Er fand, Gisèle, die er schon zum «persönlichen Gespräch» empfangen hatte, lebe in einem zu kleinen Kreis, zu sehr und zu ausschließlich an ihre Mutter und an mich, die Freundin, gebunden. Das sei nicht gut für sie, sagte er: Der Kreis müsse größer werden, Gisèle sollte mehr aus sich herausgehen, mehr Leute treffen. Und ich – ich, die ich so viel mitbekommen hätte! – sollte ihr dabei helfen. Ich hätte schreien mögen: «Gisèle wird überallhin eingeladen, sie hat viel mehr Freunde als ich, ich lebe zu Hause eingeschlossen! Ja, Gisèles Vater ist zwar weggegangen, als sie noch klein war, aber wenigstens erlebt sie nicht immer solche Szenen wie ich. Ich habe Hilfe nötig, nicht Gisèle!» Ich habe nichts gesagt. Ich fühlte nur, wie ich starr und kalt wurde. Es war, als hätte nicht nur dieser Pfarrer durchaus nicht verstanden, daß ich um Hilfe rief, sondern als würde Gott selbst sich überhaupt nicht um mich kümmern. Und gleichzeitig wuchs in mir, ich erinnere mich, so etwas wie ein bitterer Stolz: Wie gut ich jemanden täuschen kann, wie leicht es ist, das Gesicht zu wahren! Und ich sagte mir: Sei zufrieden, spiel weiter, du brauchst kein Mitleid, von niemandem. Und als mich dieser liebe Mann fragte:
Hast du irgendein Problem, über das du gerne mit mir sprechen möchtest?, erfand ich irgend etwas. Ich sagte,

ja, mich beschäftigt etwas, ich verstehe nämlich nicht, weshalb Sie in den Religionsstunden sagen, wir sollten in der Schule nicht vorsagen. Ich denke aber, daß es ein Beweis von Nächstenliebe ist, wenn man seinem Kameraden, der in Schwierigkeiten steckt, hilft. Die Religion befiehlt uns doch, unseren Nächsten zu lieben und ihm zu helfen.

Wo hatte ich nun das wieder hergeholt? Mir war doch all das, Mogeln und Vorsagen, vollkommen egal, und vor allem, ob sich das mit den religiösen Geboten vertrug oder nicht.

Und da befand ich mich schon wieder auf einem anderen Gleis.

Kommt es in deiner Klasse oft vor, dieses Vorsagen?

Ja, recht oft.

Also, auch da zähle ich auf dich. Du mußt etwas dagegen tun. Erkläre deinen Mitschülern, daß es Betrug ist. Entfeßle einen Kreuzzug gegen das Mogeln und halt mich auf dem laufenden über alles, was du unternimmst.

So also verließ ich meinen Pfarrer, ohne den leisesten Trost von ihm empfangen zu haben, aber dafür mit drei Aufträgen, von denen ich bestimmt keinen ausführen würde.

Das Mißverständnis war vollkommen.

Vor zwei oder drei Jahren, in Locarno, diese Erfahrung, diese Gegenerleuchtung, wie ich das nennen möchte. Ich war in eine Kirche eingetreten, weil ich sie ansehen wollte, und fand mich allein darin, zusammen mit einer kleinen alten schwarzgekleideten Frau, die sich, das Gesicht in den Händen, vor dem Altar niedergeworfen hatte. Ich verhielt mich still, um sie nicht zu stören. Und dann, plötzlich in mir diese brennende Gewißheit, ähnlich derer vielleicht, die andere von der Anwesenheit Gottes haben können: Diese Kirche ist leer, derjenige, vor dem sich diese Frau so demütig beugt, existiert nicht. Oder, wenigstens, wenn es ihn gibt, so dann nicht außerhalb von ihr, von mir. Wenn er irgendwo ist, so nur tief drin in jedem von uns. Dort und sonst nirgends. In diesem Teil unseres Wesens, das uns einander ähnlich macht, mich und die Alte dort. Das, was allen menschlichen Wesen gemeinsam ist, seien sie nun Christen, Juden, Mohammedaner oder Atheisten. Es gibt keine andere Wirklichkeit. Und dieses Etwas in uns – das vielleicht in uns ist – kann man nur aufrecht stehend zu finden suchen. Nicht auf den Knien und nicht, indem man das Gesicht in den Händen verbirgt. Aufrecht und mit den andern zusammen.

21. Februar 1975

Vor ein paar Tagen hält Gilliane im Restaurant einer alten Dame die Tür auf und sieht zu, wie sie hinausgeht. «Ich mußte doch irgendwo hinsehen», erklärt sie, «das ist doch normal.»

Und die alte Dame:
Was hast du mich so anzustarren? Ich habe bestimmt kein so blödes Gesicht.
Ich habe ihr die Tür aufgehalten... wiederholt Gilliane. Sie lacht, aber ich sehe schon, daß ihr ums Weinen ist. Nichts erträgt sie so schlecht wie Ungerechtigkeit. Etwas gut machen wollen und dafür nicht belohnt, nicht einmal verstanden zu werden. Vor zwei Jahren hat sie geheult, als sie «Die ungeschickte Sophie» («Les malheurs de Sophie») las. Ich war erstaunt:
Aber das ist doch nicht traurig. Manchmal macht sie doch so lustige Dummheiten, diese Sophie, oder nicht?
Das verstehst du nicht, schluchzte Gilliane, immer wenn sie etwas gut machen will, kommt es falsch heraus.
Und diese Verzweiflung an jenem Abend: Sie wollte die Spaghetti auftragen und hat dabei eine Flasche und ein Glas umgeworfen: «Immer passiert mir so was, wenn ich mir Mühe geben will.»
Um auf die alte Dame im Restaurant zurückzukommen, so glaube ich, sie hat beim Anblick dieses kleinen Mädchens, das ihr die Tür aufhielt und ihr ins Gesicht sah dabei, plötzlich ihren eigenen Verfall gesehen. Sie ist sich unter diesen jungen Augen alt und häßlich vorgekommen. Daher rührte ihr Haß.
Früher mußte man Kinder nicht verabscheuen. Sie waren zu gut gezähmt, zu unauffällig und ungefährlich. Man konnte sich damit begnügen, sie zu ignorieren. «Geh ins Nebenzimmer und sieh nach, ob ich dort bin»,

pflegte eine Freundin meiner Mutter zu mir zu sagen, wenn sie ihr irgendein Geheimnis mitteilen wollte, das ich nicht hören sollte. Ich ging, ohne zu widersprechen, ins andere Zimmer, aber verletzt, gedemütigt, in Aufruhr.

«Geh ins Nebenzimmer, schau, ob ich dort bin...» Ich gehöre einer Generation an, der man lange solche Dinge gesagt hat. Oder andere ähnliche, ebenso verächtliche, die uns aus einer Wirklichkeit verbannten, zu der nur die Erwachsenen, diejenigen, die die Macht hatten, Zutritt besaßen. Wirklich, zu jener Zeit waren wir bis zwanzig und noch darüber hinaus die Dummen, die Minderwertigen, die nichts zu sagen hatten. Schweigen, den Reden der anderen zuhören: das war alles was man von uns verlangte. Das hat mich so sehr geprägt, daß ich mich jetzt noch, wenn ich mich unter Menschen befinde, die ich noch nicht kenne, dazu zwingen muß, etwas zu sagen, so sehr bin ich davon überzeugt, daß man, wie damals, nichts anderes als ein höfliches, zustimmendes Schweigen von mir erwartet. Die kleinen, sanften Sklaven, die mit gebundenen Händen und Füßen ganz den Launen der Erwachsenen ausgeliefert waren, die sie beherrschten, sind nur noch eine blasse Erinnerung. Heute haben sie uns den Krieg erklärt, und sie haben recht damit. Jetzt stehen sie als Gleichwertige vor uns und mustern uns kalt. Sie verehren uns nicht mehr, fürchten uns nicht mehr. Fragen uns aus, beurteilen uns. Christine, eine Freundin von Gilliane, war erst vier, als

ich eines Tages, wie mir das leider zu oft passierte, nervös herumschrie:
«Sie benimmt sich widerlich heute», sagte sie mit ihrer Babystimme zu Gilliane, «komm, wir gehen in dein Zimmer.»
Es stimmt, manchmal ist dieser unbestechliche, unbarmherzige Blick der Kinder von heute schwer auszuhalten. Aber mir ist er lieber als unsere damals heuchlerisch niedergeschlagenen Augen.
Ich glaube, ich habe mich vor allem als Kind, als Jugendliche ausgeschlossen und diskriminiert gefühlt, nicht so sehr als Mädchen. Nun, ich hatte natürlich keinen Bruder, keinen Cousin – also keine Gelegenheit, meine Situation mit der eines Jungen zu vergleichen. Auch in der Schule fühlte ich mich den Mitschülern nicht unterlegen, und ich war öfters mit ihnen zusammen, weil mir ihre Spiele besser gefielen als die der Mädchen. In der Pause fühlte ich mich als einziges Mädchen – oder fast – unter einer Bande von Jungen, mit denen ich um einen Ball kämpfte oder um die Wette lief, in meinem Element. Und während die «großen Mädchen» mir angst machten (sie lachten mich aus, sagten, ich sei eine dumme Gans, nahmen mir meine Baskenmütze weg und wollten sie mir nicht mehr zurückgeben), fühlte ich mich bei den Buben wohl. In der kleinen Schule in der Altstadt hatte ich mit Philippe, dem Nichtsnutz, dem Schrecken der lieben Fräuleins, Freundschaft geschlossen. Wir gingen manchmal zusammen nach

Hause, er war mein Kamerad und verteidigte mich gegen die großen Mädchen, wenn es nötig war. Aber er war nicht mein «Liebster». Schon damals, mit neun oder zehn Jahren, hatte ich eine Vorliebe für Ausländer. Und als eines Tages ein hübscher kleiner Junge in einer schwarzen Schürze und mit blonden Haaren neben mich gesetzt wurde, der überdies nicht ein Wort Französisch konnte (seine Mutter hatte ihn mitten im Schuljahr hierhergebracht und war so schnell wieder verschwunden, als wäre ihr nicht ganz wohl dabei gewesen, daß sie ihn hier unter uns ließ), fühlte ich sofort, daß ich verliebt war. Er tat nichts, um diese Liebe zu nähren. Im Gegenteil. Er hatte die schlechte Gewohnheit, seine Feder über meinen Heften (die wie mein Betragen natürlich makellos waren) auszuschütteln und sich zu freuen, wenn sie voller Tintenflecken waren. Oder er streckte sich auf der Bank aus und ließ mir fast keinen Platz mehr. Ich ertrug das alles, weil ich ihn liebte. Mit der Zeit wurde er auch umgänglicher und zeigte sogar eine gewisse Vorliebe für mich. Er begann schnell, ein wenig Französisch zu sprechen (seine Sprache, Schwedisch, war für mich wunderbar und voller Reiz), und er fügte sich in unsere Klasse ein. Ich erinnere mich an einen Nachmittag, an dem wir zusammen von der Schule heimgingen. Wir waren ein bißchen auf der Promenade Saint-Antoine stehengeblieben, um zu plaudern und zu spielen, und ich hatte meine Mappe auf einer Bank liegengelassen. Wir waren am Boulevard des Tranchées, als ich den Verlust merkte.

Henri (das ist die Übersetzung seines wunderbaren schwedischen Namens) hatte ein Fahrrad und holte mir die Mappe, während ich auf ihn wartete. Aber andere Jungen hatten uns gesehen, und als Henri mit der Mappe zurückkam, begannen sie im Chor zu skandieren: «Der holt die Mappe seiner Liebsten, der holt die...» Er ging weiter neben mir her, ohne darauf zu reagieren, so als hätte er nichts gehört. Ich bewunderte schon seine Standhaftigkeit, als er plötzlich aufs Velo aufsprang und ohne etwas zu sagen, ohne mich noch anzusehen, mit aller Kraft in die Pedale trat und davonsauste. So fand ich mich allein mit meiner Mappe und meiner ersten Enttäuschung über eine gewisse typisch männliche Art von Feigheit.

Aber ich war nicht todtraurig. Da war ja noch Philippe und die ganze Bande der anderen Jungen, meine Kameraden. Freundschaft, so entdeckte ich, ist viel beständiger, viel echter als Liebe. Und dann kam, ich weiß nicht mehr in welchem Jahr, diese Schulreise, die uns an einem schönen Junitag auf den Landsitz eines Mitschülers, unweit von Jussy, führte. Damals war das für kleine Städter wie wir ein Abenteuer. Ein Patrizierhaus, ein Bauernhof, eine Scheune und ein riesiger Park. Die Buben enterten eine Hütte, die in eine Baumkrone hineingebaut war und zu der man über eine Leiter hinaufgelangte. Und als ich mich anschickte, hinaufzuklettern, sagte einer von ihnen: «Nein, wir wollen keine Mädchen da oben.» «Die da», sagte ein anderer, «kannst du lassen, die ist die gute Freundin aller Buben.» Keine gute Note, die mir doch damals so wichtig waren, hat mir je so viel Freude gemacht wie dieser Satz, der mir die Türe zu einer Welt öffnete, die mir privilegiert schien und von der die anderen Mädchen ausgeschlossen blieben. Er machte mich zum Glied einer Gemeinschaft, mich, die ich mir so oft ausgeschlossen vorkam. Der ganze Tag blieb mir mit außergewöhnlicher Klarheit im Gedächtnis haften. Die Spiele in der Scheune, wo wir von sehr hoch oben ins Heu hinuntersprangen, ohne uns um die Gefahren zu kümmern. Unter diesen Buben regte sich in mir eine gewisse Vorliebe fürs Risiko, die ich nie mehr ganz verloren habe. Von diesem Ausflug kehrte ich mit einer Verletzung am Augenwinkel und vielen blauen Stellen am Körper heim. Aber fröhlich und für einmal sehr zufrieden mit mir selbst.

Aber recht bald kam die Trennung. Vom fünften Schuljahr an, also ab elf Jahren, besuchten Jungen und Mädchen getrennte, voneinander so weit wie möglich entfernte Klassen. Kein Kontakt mehr mit dieser undisziplinierten, treuen und kämpferischen Bande der Buben. Wir Mädchen wurden zurückgeworfen auf eine Welt voller Gekicher hinter vorgehaltener Hand, geflüsterter Geheimnisse und Überwindlungsstiche (ach Gott, wie haßte ich die Überwindlungsstiche!). Kein Kontakt mehr mit Philippe oder mit den andern, deren Vornamen ich bis heute in Erinnerung behalten habe: Loys,

der Musiker geworden ist, Guy, der an einer Bauchfellentzündung gestorben ist, Renaud, Denis, Michel, der Zahnarzt ist, Mario und Eugène, André, heute ein bekannter Pianist. Keine gemeinsamen Fotos mehr wie die zwei, die ich jetzt, während dem Schreiben, vor mir habe – 1930 und 1931 –, auf denen wir alle, die Mädchen auf der einen, die Buben auf der andern Seite, auf den Stufen des kleinen griechischen Tempels des Bastions, unter dem Palais Eynard, versammelt sind. Auf dem ersten Foto steht Henri, mein schwedischer Schwarm, an eine der Säulen gelehnt: Er trägt einen gestreiften Pullover, einen steifen Kragen und – hat mir das etwa auch Eindruck gemacht? – eine Krawatte. Er zeigt ein kleines zufriedenes Lächeln und zieht die Nase kraus. Auf dem nächsten Foto ist er nicht mehr da (vielleicht hatte er die Schule wieder verlassen), und nun lehnt Philippe am selben Platz gegen die Säule, sein Hemdkragen steht weit offen, auf seinem Gesicht unter den blonden, zum Bürstenschnitt gekämmten Haaren ein kecker Ausdruck. Ich stehe auf der anderen Seite bei den Mädchen. Auf dem ersten Bild sehe ich aus wie eine kleine Mulattin mit der schwarzen Haarsträhne, die mir bis in die Augen hängt, und auf dem zweiten bin ich eine linkische Bohnenstange, halte den Kopf schräg und zeige ein krampfhaftes, ein bißchen blödes Lächeln.
Ich erinnere mich nicht daran, daß ich über den Verlust meiner Freunde sehr traurig gewesen wäre. Von jetzt an zählte für mich vor allem, daß ich «groß» und recht

bald in der Erwachsenenwelt akzeptiert würde. Während Gilliane sich dagegen an ihr Kindsein klammert und nicht älter werden will: «Ich möchte immer elf Jahre alt sein», hat sie mir letzthin gesagt. Ich wartete so ungeduldig darauf, daß mein Körper sich ändern, daß ich die Periode bekommen, eine Frau werden und endlich auch «zählen» würde. Aber mir scheint, dieser Aufenthalt im «no man's Land», das mich von meinem zwanzigsten Lebensjahr trennte, dauerte sehr lange; sehr lange klebte diese Kindheit, die ich doch nicht mehr wollte, an mir, und dann diese Teenagerzeit, die sie noch weiter verlängerte. Vor allem mit fünfzehn, in diesem schönen Alter, dem Alter der Julia, litt ich darunter, noch immer ein kleines Mädchen zu sein, während ich mich doch nach dem Leben und der Liebe sehnte.

Aber das ist eine grausame Geschichte, die ich ein andermal erzählen werde.

ZWEITER TEIL

August–Dezember 1978

21. August 1978

Ich habe mit den Aufzeichnungen, die in wenigen Wochen entstanden sind, ganz plötzlich aufgehört. Ich hatte dafür, wie ich glaubte, gute Gründe: Meine Arbeit am Radio, eine Zeitlang auf Sparflamme, wurde wieder intensiver, ich mußte mir eine neue Position aufbauen, und Gilliane füllte meine Freizeit aus.
Ich habe mein Manuskript zuhinterst in einer Schublade verstaut, ich habe mich dazu gezwungen, nicht mehr daran zu denken, mich auf die Erziehungssendungen zu konzentrieren, die man mir anvertraut hatte. Mein Bedauern habe ich mit etwas Bitterkeit erstickt: Es gibt so viele andere Frauen in diesem Land, die auch schreiben, und sie machen es besser als du, schweig also, Alte, kümmere dich um die Sprachkurse, die Erwachsenenbildung, die Elternschule. Denk nicht mehr an deine Bücher. Lies nicht mal mehr. Abends, wenn du nach Hause kommst, bist du müde, und da ist ja der Fernseher, Perceval sieht gern fern, und du hast kein eigenes Zimmer, also fahr mit deinen Kreuzworträtseln und den Patiencen fort.
Das hat vier Jahre gedauert. Und dann in diesem Sommer dieses starke Bedürfnis, wieder zu schreiben. Dieser Neid, den ich empfand, als ich vor einigen Wochen in einem Bistro auf dem Tisch vor einem befreundeten Schriftsteller die Blätter sah. Eine fast körperlich spürbare Lust, Wörter auf ein weißes Blatt zu schreiben. Am

nächsten Samstag habe ich mir ganz ähnliche Notizblöcke, genau gleich kariert, gekauft.
Ich wußte, was ich schreiben wollte. Gut. Ich hatte es vorher noch nie so genau gewußt. Ich habe angefangen. Ich sagte «ich», und das war ich. Aber ich habe sehr schnell wieder aufgehört. Ich kann nicht «ich» sagen, wie machen das die anderen, denen es gelingt, vor allem die Frauen, die mit so viel Kühnheit wagen, von sich zu sprechen, von ihrem Körper? Ich habe also etwas anderes versucht: eine Person, «Laurence», von der ich in der dritten Person sprach, die aber von Zeit zu Zeit «ich» sagte. So war das «ich» nicht ich, sondern Laurence; auch wenn Laurence eigentlich ich war, oder fast ich, so war die Maske doch aufgesetzt. Also konnte ich beginnen.
Zwanzig Seiten. Nicht leicht zu schreiben. Es «kam» mir nicht einfach so. Keine Übung mehr. Es ist zu lange her, daß ich so mit den Wörtern kämpfte. Mach weiter. Drei Stunden lang, gestern nachmittag. Und dann plötzlich: «Aber genau das habe ich ja schon irgendwo geschrieben.» Ich habe die Schubladen durchsucht. Ich habe das Manuskript gefunden, habe es wiedergelesen. Erstaunt, denn ich hatte es sozusagen vergessen.
Warum habe ich damals mit Schreiben aufgehört? Als ich die letzte Zeile las, wurde es mir klar. Die Arbeit, meine Situation, Gilliane, alles nur Ausreden. Die Wahrheit ist, daß ich an dem Punkt, an den ich damals gekommen war, hätte von meiner Mutter sprechen müs-

sen. Was ich bis dahin erzählt hatte, war ungefährlich. «Eine grausame Geschichte, die ich ein andermal erzählen werde.» Diese Geschichte eben wollte und konnte ich nicht erzählen.

Was tun? Akzeptieren, daß es unmöglich war? Mich weiterhin tarnen, in Erfindungen flüchten, Wahrheit und Dichtung durcheinandermischen, damit der Text schwierig zu entziffern wäre? Oder das Risiko, mich mit unverschleiertem Gesicht vorwärtszuwagen, auf mich nehmen?

Die «grausame Geschichte», von der am 21. Februar 1975 die Rede war, wird später folgen. Diejenige, die ich zuerst erzählen muß, ist noch grausamer.

Heute morgen habe ich sie in einem Zimmer im Spital für Alterskrankheiten zurückgelassen. Ein kleines weißes Zimmer, funktionell eingerichtet, mit Aussicht auf einen wunderschönen Park. Zum drittenmal seit dem Juni habe ich sie nun schon so verlassen: zweimal schon in der medizinischen Poliklinik, wo man sie einer Reihe schmerzhafter Untersuchungen unterzogen hat, ohne irgend etwas Genaues finden zu können. Auf beunruhigende Vermutungen folgten ermutigende Neuigkeiten: Nein, man hatte keine ernste Krankheit diagnostiziert. Etwas Herzbeschwerden, ja, eine nicht ganz optimale Nierenfunktion. Aber diese Schmerzen, die nicht aufhören wollen, Herr Doktor, dieser immer schlechtere

Allgemeinzustand? Das Alter, sagten sie, vergessen Sie nicht, daß das ein alter Mensch ist. Ja, aber bis letzten Frühling hat man ihr ihr Alter nicht angemerkt. Warum geht das so schnell? Sie wußten es nicht. Sie hat ein gutes Leben gehabt, sagten sie, nie war sie krank, seit dreißig Jahren hat sie keinen Arzt mehr konsultiert. Ich weiß, aber jetzt siecht sie dahin, warum nur?

Und sie zeigte sich stoisch wie immer, obschon sie kaum mehr aufstehen, kaum mehr gehen konnte. Ich bin müde, sagte sie. Sobald ich nur die kleinste Anstrengung mache. Sie, die früher jeden Tag in die Stadt ging, von Laden zu Laden, um die kleinen Einkäufe zu machen, mit denen Gilliane sie betraute, und um am Seeufer spazierenzugehen. Das Alter, dachte ich früher, das Alter würde sie wahrscheinlich nie erreichen. Oder sie würde sich vielleicht wehren können. Sie hat so viel Schlimmes durchgemacht, ohne davon gezeichnet zu sein, so viel seit ihrer Kindheit und während ihres Frauenlebens. Unberührt. Und noch so schön. Beklagte sich nie. Ich habe sie fast nie weinen gesehen.

Nur einmal.

Ich war drei, vielleicht auch noch jünger. Aus irgendeinem Grund, den ich vergessen habe, weigerte ich mich an jenem Abend, dir einen Kuß zu geben. Du hast mein Zimmer verlassen, ein wenig Zeit verstrich, und dann rief ich wieder nach dir. Du bist neben meinem Bett niedergekniet. Du hast gesagt: «Maman hat geweint.» Du hast meine Hand genommen und langsam

und sanft damit über deine Wangen gestrichen. Sie waren naß. Ich erinnere mich. In mir diese Mischung aus fast unerträglichem Schuldbewußtsein und Triumph. Du weintest wegen mir, du weintest, du, eine Erwachsene! Mit einem gewissen faszinierten Abscheu merkte ich, daß ich Lust hatte, dir noch viel mehr Kummer zu bereiten. Ich habe im Laufe meines Lebens diese Lust, jemanden leiden zu machen, noch mehrmals verspürt. Und jedesmal bin ich dabei in Gedanken zu jenem kurzen, intensiven und wunderbaren Augenblick zurückgekehrt und habe mich an deine lauwarmen Tränen an meinen Fingerspitzen erinnert.
Du warst sehr tapfer, als du im Spital für Alterskrankheiten ankamst, du bist zu Fuß bis zu deinem Zimmer gegangen und hast dich auf deinen Stock gestützt, den du einmal aus den Ferien mitgebracht hast und der mit einem schönen geschnitzten Edelweiß geschmückt ist. Du hast dich ergeben ausgezogen. Zu tapfer, zu ergeben. Ich will nicht, daß du dich daran gewöhnst, krank zu sein. Ich will, daß du mit uns in der Welt der Lebendigen bleibst, daß du dich weigerst, dich in dieses Ghetto zu begeben, in dem du jetzt für was weiß ich wie lange Zeit eingeschlossen bleibst.
Als ich dich verließ, bin ich diesen langen grauen Korridor mit dem weichen Boden so schnell entlanggegangen, als wäre ich auf der Flucht. Es ist wahr, ich floh. Vor etwas, das nicht nur hinter, sondern auch vor mir lag. Nicht nur vor dir, in deinem kleinen Zimmer, son-

dern auch vor meinem eigenen Alter, das, übrigens ganz nahe, schon vor mir liegt. Diesen ellenlangen Gang werde ich wiedersehen – nicht nur in der Zeit, da du hier bist, sondern später, wenn ich dran bin. Dieses Spital, wir wissen es alle, ist die Zukunft aller.

Draußen ist schönes Wetter. Fast unerträglich die zarte Linie der Hügel gegen den Himmel, die Bäume, die von einem leichten Wind bewegt werden, die flüssige Transparenz goldschimmernder blauer Luft an diesem späten Augusttag. In diesem Park wird die überlegene Gleichgültigkeit, ja fast Feindseligkeit spürbarer als anderswo, diese unmenschliche Dimension der Schönheit. Ich denke an den Londoner Park aus dem Film «Blow up» von Antonioni, dieselbe Harmonie, dieselbe zarte Brise in den Ästen, und das Wissen darum, daß irgendwo – aber wo denn? – ein schreckliches Geheimnis lauert.

Es ist so schön, daß man nicht daran glauben kann...

Ich bin quer über den Rasen, mitten durch die Blumen hindurch, zu meinem Wagen zurückgekehrt, immer mit diesem Satz im Kopf, der mir nachläuft. Ich bin fast sicher, daß ich ihn nicht erfunden, sondern irgendwo gelesen oder gehört habe. Von wem ist er? Vielleicht von Paul Eluard?

Es ist so schön, daß man nicht daran glauben kann...

Ich fahre über Land und denke an Gilliane, die ich heute abend wieder sehen werde. Was würde aus mir ohne Gilliane?

Sie ist nicht mehr das kleine Mädchen von 1975, sie ist jetzt fünfzehn. Und sie lebt dieses Alter, das für mich so schwierig war, recht gut. Im Einklang mit ihrem Körper, der sich harmonisch entwickelt hat. Obschon sie mit elf etwas anderes gesagt hat, hat sie doch akzeptiert, daß sie größer wird. Sie ist zärtlicher als früher. Ich glaube, es gibt keine wirklich schwerwiegenden Probleme zwischen uns, wir können wie zwei gleichberechtigte, freie Wesen nebeneinander leben. Die Nabelschnur ist jetzt durchtrennt. Aber was ist mit mir und dieser Frau, die da hinten geblieben ist, in ihrem kleinen weißen Zimmer des Spitals für Alterskrankheiten, so verbraucht, so mager, so sanft wie immer, ist diese Verbindung zwischen uns nie ganz durchgetrennt worden, diese Nabelschnur, die ich um den Hals geschlungen hatte, als ich geboren wurde, und die mich damals fast erwürgte?

22. August 1978

Dieses Zimmer für mich allein, nach dem ich mich so gesehnt habe, als ich noch in einer Ecke des Wohnzimmers kampiert habe, besitze ich nun.
Kurz vor Ostern, im vergangenen März ist Perceval ausgezogen: im Juni ist die Scheidung ausgesprochen worden. In wenigen Wochen wurden 25 Jahre gemeinsamen Lebens rückgängig gemacht.
Dieser Widerwille in mir ganz früher, wenn ich daran

dachte, daß ich mich bei einer Heirat in das schon gestaltete und umgrenzte Leben eines Mannes einfügen müßte. Aus Gründen, die zu kompliziert sind, um sie hier auszubreiten, war es bei Perceval nicht so, sein Leben mußte noch gestaltet werden. Wir würden also gemeinsam etwas aufbauen können, so dachte ich. Wir würden uns gegenseitig helfen können. Ich habe ganz ehrlich an eine solche Möglichkeit, eine Ehe auf der Basis der Gleichberechtigung zu führen, geglaubt. Erst später habe ich gemerkt, daß Perceval, auch wenn er viel durchgemacht und sich entsprechend entwickelt hat, einer Generation von Männern angehört, welche glauben, daß sie entweder eine Frau beherrschen müssen oder dann eben von ihr beherrscht werden. Und auch, daß er tief in sich drin, auch wenn er das Gegenteil behauptete, das konventionelle Bild der demütigen, aufmerksamen, strickenden, flickenden, stickenden, kleine gute Plättchen zubereitenden Ehefrau bewahrt hatte. Und daß er von mir erwartete, daß ich zugleich diese Frau sein und doch mein Bedürfnis nach Eigenständigkeit befriedigen und ihm, wie es notwendig war, dabei helfen könnte, unseren Lebensunterhalt zu verdienen.

Er ist also im März aus unserer Wohnung ausgezogen. Zuerst gab es ein großes Durcheinander, so daß Gilliane und ich die Leere kaum spürten: alle Zimmer wurden neu tapeziert, neu eingerichtet, Spannteppiche wurden verlegt, die Türen und Decken neu gestrichen.

Und als alles fertig war und wir anfingen, miteinander zu leben und mit dieser Lücke zwischen uns, die es nun auszufüllen galt, wurde meine Mutter krank. Fast von einem Tag auf den andern konnte sie nicht mehr ausgehen und die Tage in Anières verbringen. Seit Gillianes Geburt und dem Tod meines Vaters war unsere Wohnung ein wenig zu der ihrigen geworden. Zwei oder drei Mal pro Woche, oder auch öfters, als Gilliane noch klein war, kam sie morgens mit dem Autobus, vertrat mich tagsüber und ging abends wieder nach Hause. Auch mitten im Winter, bei Nordwind und Schnee.

Wir konnten uns unser Leben ohne sie gar nicht vorstellen. Im Januar oder Februar vielleicht wie ein Blitz die Ahnung: Das ist der letzte Winter, im nächsten Jahr wird sie nicht mehr kommen können, das ist der letzte Winter, den wir mit ihr verbringen. Und dann verdrängte ich dieses Gefühl ganz schnell.

Wir zwei ganz allein, Gilliane und ich, in dieser komfortablen, aber plötzlich zu großen Wohnung. Wir zwei allein, Waisen, sie im doppelten Sinn, denn sie hat auch ihren Vater verloren.

Wir zwei allein, und ich bin nicht unbedingt die Erwachsenere von uns beiden.

Ich bin am frühen Nachmittag ins Spital zurückgegangen. Sie empfängt mich mit einem Lächeln. Sie sei erleichtert, sagt sie, weil man ihr die Mahlzeiten ins Zim-

mer bringt. Sie gesteht jetzt, daß sie sich davor fürchtete, den «andern» im Speisesaal zu begegnen.
Die andern... Werde ich in einigen Tagen den Mut haben, ihnen ins Gesicht zu sehen, diesen andern, denen man in den Korridoren begegnet und die Verirrte auf einer Reise ohne Ende, ohne Ziel zu sein scheinen? Die andern, die man in ihren Gitterbetten vermutet, wenn man an den Mehrbettzimmern vorbeigeht, wo die Türen immer offen sind? Männer, Frauen, die glücklich waren, die das Leben liebten – oder, im Gegenteil, die gekämpft, sich abgemüht, gelitten haben ein Leben lang, um dann in diesen Spitalkorridoren zu landen, vor diesen Türen, die mit Schmetterlingen, Blumen, Vögeln markiert sind, weil sehr viele unter ihnen nicht einmal mehr den eigenen Namen lesen können...
Sie sitzt in ihrem Zimmer, friedlich, immer noch schön, und sogar jetzt sieht sie jünger aus, als sie ist.
Langweilst du dich nicht?
Nein.
Hast du Schmerzen?
Nicht sehr stark.
Sie erklärt mir, daß man neue Untersuchungen gemacht hat und in einigen Tagen mehr wissen wird, daß man ihr das Telefon eingerichtet hat und daß sie unwahrscheinliches Glück hat, allein in einem Zimmer zu sein, daß das Personal wunderbar gütig und immer guter Laune sei. Als sie schweigt, hört man eine Art Wimmern. Was ist das? Ich glaube, das ist ein Kind, sagt sie.

Ein Kind in einem Spital für Alterskrankheiten? Vielleicht gehört es einer Krankenschwester. Vielleicht.
Ein Wimmern, von dem man nicht weiß, woher es kommt, ob von rechts, von links, ob von nah oder von fern. Man könnte meinen, das ganze Spital lasse ein dumpfes Klagen vernehmen.
Ich fange an, irgend etwas zu erzählen, damit ich es nicht mehr hören muß. Und auch, damit sie bei mir bleibt, bei uns, damit sie sich weigert, sich hier einzufügen. Du bist nicht einfach eine dieser Insassinnen. Du bist meine Mutter. Du warst früher so schön, wie war ich eifersüchtig auf dich, ohne daß ich es mir eingestehen konnte, wenn du mit meinem Vater abends ausgingst (dein Parfum, deine Kette aus rosa Perlen). Du bist nicht eine alte kranke Frau, du bist die, die mir im Jahre 1935 den ersten Mann meines Lebens weggenommen hat. Ich war fünfzehn, so alt wie Gilliane, und ich muß die Geschichte nun doch endlich erzählen, an der ich im Februar 1975 gescheitert bin.
Ich verlasse dich für heute. Ich umarme dich und gehe wieder ganz schnell durch den Gang, renne die Treppe hinunter und wieder, aber nein, das geht nicht, durch den Park, diese Schönheit, diese Geranien, Rosen, Pinien, Gartenbeete. Diese Sonne. Eine Krankenschwester schiebt ganz nahe einen Rollstuhl an mir vorbei, in dem ein menschliches Wesen kauert – die Stellung eines Fötus im Mutterleib – eine Frau oder ein Mann, ich weiß es nicht.

Es ist so schön, daß man nicht daran glauben kann... Ich werde mir in der Diskothek des Radios noch heute die Gedichte von Eluard anhören. Es ist mir sehr wichtig, zu wissen, wer der Autor dieses Satzes ist, der mich wieder wie ein Leitmotiv begleitet, an den ich mich klammere während ich zu meinem Wagen gehe, um nicht denken, nicht fühlen zu müssen.
Aber bevor ich mich auf den Weg in die Stadt mache, ein Umweg – nur etwa hundert Meter –, um endlich einmal dieses berüchtigte Gefängnis von Champ-Dollon zu sehen, in dem es so viele Selbstmorde geben soll. Es liegt auf einer Achse, die bei der psychiatrischen Klinik Bel-Air beginnt, beim Spital für Alterskrankheiten weiterführt und dort an jenem Tor endet. Ein wunderbares Eisengittertor. Handgeschmiedet. Fast ein Kunstwerk. Hinter dem Gitter, am Ende eines Parks, der ähnlich schön ist wie jener beim Spital, das graue Gebäude. Ist es ein Zufall, daß hier, in einer der schönsten Genfer Landschaften, zwischen Les Voirons und den Höhen von Vandœuvres, gegenüber dem Mont-Blanc, diese drei Ghettos wie in grausamer Steigerung vereint sind – der Wahnsinn, das Alter, die Delinquenz? Ich denke an diese Eingesperrten, die Süchtigen, Kinder eines Zeitalters des Hasses und der Gewalt, die man in Zellen eingeschlossen hat, die ebenso «funktionell» gestaltet sind wie die Zimmer im Spital; hinter den unzerbrechlichen Fenstern liegt diese Landschaft voller unerträglicher Harmonie. Zur selben Zeit tummeln sich Kriminelle in

der Sonne, die ehemaligen Schergen der Gaskammern der Nazis, Folterknechte jeglicher Art, Mörder aller Schattierungen. Wie in den Lagern von Mähren muß ich wieder daran denken, daß fast nie die wahren Schuldigen bezahlen müssen. Sondern die Unschuldigen oder die Opfer.

Als ich gerade mein Büro verlassen wollte, um in der Kartei der Diskothek nach Eluards Gedichten zu suchen, kam Monsieur Braun herein. Man weiß immer gleich, daß er es ist: er klopft kaum und tritt mit seiner großen stinkenden Zigarre ein. Auch wenn man gerade telefoniert, oder jemanden empfangen muß, auch wenn man ihm zu verstehen gibt, daß man in Eile ist.
Zu seiner Entschuldigung muß man natürlich sagen, daß er eine außergewöhnlich wichtige Aufgabe erfüllt, neben der unsere kleinen Sendungen nur lächerlich wirken. Heute zum Beispiel hat er ein Blatt in der Hand, auf dem er eine Liste der Scheren aufstellt.
Wie viele Scheren haben Sie?
Eine einzige.
Zeigen Sie sie mir.
Ich nehme sie aus meiner Schublade, und er betrachtet sie mit mißtrauischer Miene. Was ist daran nicht recht? Stellt er sich etwa vor, ich hätte sie im Büro einer meiner «Vorgesetzten» gestohlen? Sobald er da ist, fühlt man sich irgendwie schuldig.

Nachdem er jetzt meine Schere kontrolliert hat, wirft er einen Kontrollblick in die Runde. Ach, mein Gott, die beiden Pulte... schon vor ein paar Tagen habe ich gemerkt, daß sie für ihn ein schlimmes Problem sind.
Gehören die beiden wirklich Ihnen?
Natürlich, bei dem Mobiliar, das mir zugeteilt wurde, waren zwei dabei.
Es ist lächerlich, aber ich habe das Bedürfnis, mich zu rechtfertigen.
Monsieur Braun notiert etwas auf seinem Blatt, sieht zu Boden:
Ist das ein «Bouclé».
Was?
Ihr Teppich, ist das ein Bouclé-Teppich?
Ich weiß nicht, ob er aus Bouclé ist, jedenfalls ist er abgewetzt, es ist ein sehr alter Teppich.
Ich muß unbedingt all diese Erklärungen abgeben, denn ich gehöre nicht zum Kader, und nur Kaderangehörige haben grundsätzlich Anspruch auf einen Teppich in ihrem Büro.
Sehen Sie, wie abgewetzt er ist. Bald gibt es da ein Loch.
Ich versuche ungeschickt mich verständlich zu machen. Ich möchte ihn davon überzeugen, daß diese Möbel, diese Pulte, der Teppich aus einer anderen Zeit stammen, aus den Anfängen des Radios, einer Epoche, in der man weder seine Zeit noch die Anzahl Scheren so genau auflistete.

Herr Braun hat seine brennende Zigarre in meinen Aschenbecher gelegt, genau unter meine Nase. Er notiert wieder etwas.
Achtung, schreiben Sie diesen Gummi nicht auf (ein Gummi, der die Form einer Traube hat, und den mir Gilliane schenkte), er gehört mir persönlich. Er sieht mich über den Rand seiner Brille mißbilligend an. Er macht seine Arbeit, so gut er kann, und unsere Ironie, unsere Feindseligkeit verletzen ihn. Es stimmt, wir behandeln ihn ungerecht: er ist doch nur ein kleines Rädchen in dieser riesigen, vielarmigen Verwaltungsmaschine, die allmählich alles verdrängt, nicht nur hier am Radio, nicht nur in der Schweiz, sondern überall auf der Welt. Die uns eines Tages alle verschlingen wird.
Ich komme wieder, sagt er.
In meinem Aschenbecher ist von seiner Zigarre ein kleines Häufchen graue Asche zurückgeblieben.
Bevor ich weggegangen bin, habe ich im Spital angerufen, um zu sehen, ob das Telefon funktioniert. Ich habe sie erreicht. Ihre Stimme hat sich nicht verändert. Es ist immer noch eine junge, fast fröhliche Stimme. Wenn ich mit ihr spreche, vergesse ich, wo sie ist. Sie hat ihre Wohnung nicht verlassen, ist schnell aufgestanden, um das Telefon abzunehmen. Nachher wird sie ohne Schwierigkeiten, ohne sich überhaupt Gedanken zu machen, die Route de Chêne überqueren, um sich eine Zeitung zu holen. All diese Dinge, die sie vor einigen Monaten noch ganz leicht tun konnte.

In Anières ging die Sonne hinter dem Jura unter; der See war ruhig, einige Segelschiffe fast unbeweglich darauf. Wie soll ich die Süße des Lebens genießen, wenn sie davon ausgeschlossen ist?

25. August 1978

Ich hätte nicht wie sie, schon mit kaum zwanzig Jahren, eine Tochter bekommen wollen. Man sagt, die Geburt der Kinder sei in gewisser Weise auch der Tod der Eltern.

Sie war mit zwanzig viel zu jung, um zu sterben. Sie wollte doch im Gegenteil gefallen, sich amüsieren, der Eifersucht meines Vaters und all den Sorgen, die sich schon am Horizont zeigten, entwischen. Aber wie? Die jungen Frauen aus bürgerlichem Milieu hatten zu jener Zeit keine Möglichkeit, einen Beruf zu lernen und auf eigenen Beinen zu stehen. Ihnen blieb also nichts als traurige Resignation oder kleine enttäuschende Fluchtversuche, Nachmittagseskapaden wie in den Boulevardkomödien. Oder dann eben die Ferien. Und so komme ich wieder zu diesem denkwürdigen Sommer in meinem fünfzehnten Jahr. Zu Hause wurde die Situation immer schwieriger, die dunklen Jahre, die uns bevorstanden, kündigten sich an. Häusliche Szenen waren zwar noch nicht so häufig und die finanziellen Probleme gerade noch erträglich. Seit vier oder fünf Jahren hatten wir allerdings kein Dienstmädchen mehr, meine Mutter machte den Haushalt selbst, und wir hatten eine kleine Wohnung. Aber wir besaßen das Auto noch – ein englisches Auto der Marke Essex, blau, ich sehe noch die viereckigen Formen –, es würde erst ein Jahr später zusammen mit unseren Möbeln beim Zusammenbruch verschwinden. In diesem August des Jahres 1935 konnte mein Vater noch genügend Geld aufbringen, um uns, meine Mutter und mich, für zwei Wochen nach Alassio an die italienische Riviera zu schicken.

Welch unverhofftes Glück, diese Ferien! Welch herrliche Erholung. Wir waren uns sehr nahe. Zwei Freundinnen, wie ich gerne sagte. Übrigens – und das amüsierte uns – hielt man uns fast nie für Mutter und Tochter. Sie sah viel jünger aus als fünfunddreißig, und mich schätzte man leicht siebzehn, achtzehn Jahre. Sie war sehr schön, während ich, nach einem Foto aus dieser Zeit zu schließen, ein häßlicher Teenager war, mit einem mürrischen langweiligen Ausdruck auf dem Gesicht. Unsere Freundschaft war einseitig, das habe ich schon angetönt. Ja, meine Mutter war für mich eine Freundin, aber ich gestand ihr das Recht nicht zu, eine Frau zu sein. Mir vorzustellen, daß sie verliebt sein könnte, in meinen Vater oder in einen anderen Mann, wäre unerträglich gewesen. Nie hatte ich versucht, mir auszumalen, wie sie sich als Liebende benahm, und ich wußte natürlich auch gar nicht, was man da denn eigentlich tat. Sie gehörte mir, sie war nur für mich auf der

Welt, meine Vertraute, meine Komplizin, meine Doppelgängerin. Immer da, um mir zuzuhören, mich zu trösten, mit mir über die Dummheiten zu lachen, die mir lustig schienen. Eine Beziehung, die sehr von meinem Egoismus geprägt war, die sie aber, ohne sich zu wehren, akzeptierte, vielleicht, weil sie dadurch von der Aufgabe entlastet wurde, ihr Leben selbst in die Hand zu nehmen, oder weil sie schon zu müde war, um nun auch noch gegen mich um ihre Freiheit zu kämpfen. Ich habe diesen Urlaub in Italien mit der Gewißheit angetreten, daß meiner Mutter nichts widerfahren, ich dagegen ein leidenschaftliches Abenteuer erleben würde.

1935 war Alassio ein kleines Fischerdorf mit wenigen Hotels. Wir wohnten nicht weit vom Strand in einer Pension. Alles schien mir wunderbar, alles war neu für mich: der Salzgeruch, der Sand, das lauwarme Wasser. Ich war nicht blasiert wie Gilliane heute im selben Alter. Ich war so glücklich, daß ich am Anfang der Ferien ein paar Nächte lang nicht schlafen konnte.

Schon am ersten Tag bemerkte ich Pietro. Groß, schlank, ungefähr dreißig. Das Gesicht eines ligurischen Bauern, mit feinen, vornehmen Zügen, seine Bewegungen und seine Haltung geprägt von diesem angeborenen Adel, wie er in Italien oft gerade den Menschen bescheidenster Herkunft eigen ist. Erst meinten wir, er sei ein Tourist, aber dann erfuhren wir, daß er in Wirklichkeit in Alassio als Gärtner arbeitete. Durch seine Erfolge bei den Frauen war er ein wenig aus dem Gleichgewicht und

im Konflikt mit seiner nächsten Umgebung wegen all der Ausländerinnen, die mit ihm ins Bett gingen, solange sie in den Ferien waren, und die ihn dann einfach wieder verließen.
Während des Krieges hat er dann eine Deutsche geheiratet, die nach Italien geflohen war, und ungefähr fünfzehn Jahre später hat er sich in einer Umkleidekabine am Strand erhängt.
Perceval, meine Mutter und ich haben es bei einem Aufenthalt im Jahre 1960 in Alassio erfahren, ein Alassio, das wir kaum wiedererkannten: die Gärten getrimmt, die Häuser abgerissen, Appartementtürme und Beton überall.
Niemand konnte uns sagen, weshalb er einen so schrecklichen Tod gewählt hat.

In diesem Sommer 1935 muß er sich ausgerechnet haben, daß es viel leichter sei, an meine Mutter, diese einsame und unerreichbare junge Frau heranzukommen, wenn er mit den Vorarbeiten bei der Kleinen begänne, die ihn jedesmal mit den Augen verschlang, wenn er am Strand erschien oder am Abend an der kleinen Bar am Quai einen Kaffee trank. Ich habe damals in rührender (aber auch trauriger) Naivität diese eigentlich widerliche Geschichte in meinem Tagebuch beschrieben: wie er, kaum hatte er durch meine Vermittlung die Bekanntschaft meiner Mutter gemacht, ihr leidenschaftliches Interesse entgegenbrachte. Ich erinnere mich sehr gut

an den Augenblick, da ich begriff, was vor sich ging, denn ich hatte in den Blicken, mit denen er sie ansah, etwas gesehen, was ich nicht genau erfassen, aber auf keinen Fall ertragen konnte. Ich wußte noch nicht, was Verlangen ist, und ich entdeckte doch dieses Verlangen in den Augen dieses Mannes, der meine Mutter ansah, während ich doch geglaubt hatte, ich gefalle ihm. Aber was war denn eigentlich daran so unerträglich? Daß er mich fallenließ, nachdem er mich benutzt hatte, um an sie heranzukommen, oder daß sie vielleicht jemand anderen lieben würde als mich, daß sie ein Leben ohne mich führte? Die beiden Gefühle vereinigten sich zu einem Kummer, der noch viel schwieriger zu ertragen war, weil ich nicht imstande war, seine Ursache zu verstehen. Er fand seinen Höhepunkt an dem Tag, da meine Mutter mich bat, nicht jeden Abend so spät zu Bett zu gehen – das sei nicht gut für mich, sagte sie, ich sei in den Ferien, um mich auszuruhen, mich zu erholen. Ich haßte diese falsche Fürsorglichkeit: Ich wäre weniger verletzt gewesen, wenn sie gewagt hätte, mir offen zu sagen, daß sie mit ihm allein sein wollte.
Ich reagierte, wie dann auch später immer wieder: die Stellung aufgeben, ohne überhaupt an Verteidigung zu denken, nein, im Gegenteil, dem Vordringen des andern noch Vorschub leisten. Am selben Abend schon sagte ich ihnen, ich hätte mich entschlossen, heute früh zu Bett zu gehen.
Sind Sie müde? fragte Pietro scheinheilig.

Nein, ich will nur zu Bett gehen, das ist alles.
Warte, sagt meine Mutter verlegen, es ist noch zu früh.
Wir setzten uns auf eine Bank, aber nach ein paar Minuten bin ich aufgestanden und weggegangen. «Wenn sie glauben, ich wolle mich aufdrängen, so irren sie sich.»
Ich bin in die Pension zurückgegangen, in unser Zimmer, und habe mich aufs Bett geworfen.
Ich habe natürlich den ganzen Abend geweint. Sie sind beisammen. Ich stelle mir nicht mehr vor. Keine Zärtlichkeit, keinen Kuß. Nur die Blicke, die sie austauschen, die Worte, die sie sagen. Ihre Gemeinsamkeit. Sie sind zusammen. Ohne mich. Sie haben mich für viele Stunden aus ihrem Leben gestrichen. Sie, die mein alles ist, Pietro, der so getan hat, als zählte ich für ihn. Sie haben mich ausgeschlossen: für sie, sie beide ohne mich, existiere ich gar nicht mehr. Sie haben mich umgebracht.
Wenn ich jetzt dieses Zimmer verlassen und einfach auf und davon gehen würde? So etwa: ich irre auf den Hügeln umher, verschwinde im Dunkel der Nacht. Meine Mutter kommt zurück, ist verzweifelt, weil sie mein Verschwinden bemerkt. Oder wenn ich mich ertränken würde? Das Meer würde meine Leiche in einigen Tagen ans Ufer spülen. Der Schmerz meiner Mutter. Ihre Strafe. Jetzt weint sie, nicht mehr ich. Diese Vorstellung beruhigt mich, ich schlafe endlich ein.
Am Tag nach diesem Abend ist meine Mutter fröhlich, entspannt. Diese Zerstreuung tut ihr gut. Sie lacht, und

ich merke, daß ich sie bis jetzt fast nie lachen sah. Wie ertrage ich diese Fremde? Pietro findet dieses Abenteuer lustig: er verbringt noch zwei Abende allein mit ihr und versucht dann in der Zeit, die noch bleibt, mich wiederzuerobern. Was gar nicht schwer ist.

Wir spazieren alle drei auf dem Quai. Er geht zwischen uns und hält mich im Dunkeln am Arm, bei der Hand. Was ist denn diese Empfindung, ganz tief in mir drin? Angenehm, fast schmerzhaft. Beunruhigend auch: Bin ich normal? Empfinden andere Mädchen das auch, genau so? In den Liebesgeschichten, die ich las, den «Romanen für junge Mädchen» war von tiefen Empfindungen des Herzens, der Seele die Rede: nirgends auch nur eine Spur von dieser körperlichen Erregung. Sich vorzustellen, daß meine Mutter dasselbe empfinden könnte, ist ganz einfach unerträglich.

Am Morgen schwimmen wir zusammen, Pietro und ich. Meine Mutter kann nicht so gut schwimmen, daß sie uns folgen könnte, so bleibt sie unter ihrem Sonnenschirm sitzen. Bin ich froh über diese kleine Rache, die ich dem Meer verdanke? Das ist nicht sicher, und ich sehe über die langen Jahre hinweg verständnislos dieser Halbwüchsigen zu, wie sie sich mit einem Mann zusammen vom Ufer entfernt, von dem sie doch weiß, daß er «ihrer Mutter den Hof macht» (so hat man das 1935 heuchlerisch genannt). Ich möchte ein bißchen Zorn in ihr finden, ein wenig Ironie. Aber nein, sie ist vollkommen hilflos, und man hat ihr so gut beigebracht, daß sie immer höflich zu den Erwachsenen sein soll, daß sie jetzt gar nichts zu antworten weiß, als er ihr sagt, er finde sie hübsch, er möchte mit ihr «flirten», aber leider sei das nicht möglich, weil ja die Mutter immer dabei sei und «sie immer beobachte». Keine Reaktion, keine schnippische Antwort, sie zeigt auch keinen Widerstand, als er sie im Schwimmen an sich zieht, ihre Schulter streichelt und murmelt, daß er «ihre Hand immer in der seinen halten möchte».

Verschüchtert ist sie, ein Opfer ihrer guten Erziehung, unfähig, sich zu behaupten. Sie ist auch diesem Unglück verfallen, in das sie sich eingelassen hat, obschon sie doch aus der Höhe ihrer fünfzehn Jahre (sie versteift sich darauf, auch ihr Alter als eine Bürde anzusehen) diese Geschichte von sich fernhalten könnte, die Alten, die Erwachsenen sich selbst überlassen, und mit Gleichaltrigen sich zusammentun, ihren Spaß haben, lachen könnte. Aber nein: sie saugt sich fest an ihrem Leid, sie zieht es allen Freuden vor.

Und als Pietro zu ihr sagt, er möchte ihr «ein kleines Andenken hinterlassen», denkt sie, er wolle sie bitten, ihn zu küssen, und zu Hause, in Genf, schreibt sie in Erinnerung an diesen Augenblick in ihr Tagebuch: «Was um Gottes willen sollte ich antworten? Sicher, ich bin in ihn verliebt, und es würde mir nichts ausmachen, ja zu sagen, aber ich weiß, daß ich es nachher bereuen würde. Ich muß nein sagen: aber ich muß es höflich tun. Das Leben ist so kompliziert.»

Die Angst, der Leidenschaft nachzugeben, mischt sich mit der, nicht «lieb» und «nett» genug zu sein. Wirklich, für junge Mädchen ist das Leben in den dreißiger Jahren kompliziert...
Aber der Verführer geht nicht so weit. Er bittet nur darum, ihr einen «Kuß in die Hand» geben zu dürfen. Und erleichtert schreibt sie: «Das kann ich schon zulassen. Das ist nichts Außergewöhnliches.» Er beschwört sie, ihrer Mutter nichts zu sagen, und sie verspricht zu schweigen. Und sie schreibt weiter: «Wir schwimmen an Land zurück. Ich bin ganz verwirrt von diesem Gespräch, und es ist schwer, sich nichts anmerken zu lassen.»
Ein Punkt für sie: Zum ersten Mal in ihrem Leben gelingt es ihr, etwas vor ihrer Mutter zu verheimlichen. Aber ich bin sicher, daß sie ein schlechtes Gewissen hat, daß sie leidet, daß sie sich nichtswürdig vorkommt. Ich möchte, daß Gilliane, ebenfalls fünfzehn Jahre alt, zu ihr geht. Ich sehe sie sehr gut, eine neben der andern, auf dem Quai: Gilliane in Jeans und T-Shirt, sie mit ihrem weißen Jupe und dem dunkelblauen Leibchen.
Komm, sagt Gilliane, wir gehen spazieren.
Ich muß bei meiner Mutter bleiben.
Kümmere dich nicht um deine Mutter, komm, wir schauen uns die Geschäfte an, essen ein Eis, rauchen eine.
Ich muß es meiner Mutter sagen, sie hat sonst Angst.
Aber nein, sagt Gilliane, sie hat keine Angst, was kann dir auch zustoßen? Komm, gehen wir.

Sie schlendern beide davon in Richtung der kleinen Gassen. Sie folgt Gilliane, aber sie dreht sich um, sie ist beunruhigt... Wie soll sie diesem Mädchen aus einer anderen Zeit erklären, daß sie gar keine Lust hat, mit ihr spazierenzugehen, ein Eis zu essen oder eine Zigarette zu rauchen: daß sie etwas anderes durchmachen muß, etwas, das sie fast zerreißt, aber das sie einfach nicht lassen kann. Sie geht zwar mit ihr weg, ist aber entschlossen, ganz schnell wieder zurückzukehren: Sie verschwinden Seite an Seite im Schatten der kleinen Gassen, verlieren sich in meinem Traum.

Am nächsten Tag ist sie wieder mit Pietro draußen im Meer und hat ihre kleine Kameradin mit den Jeans vergessen. An diesem Morgen schwimmen sie sehr weit hinaus, so als wollten sie nicht mehr wiederkehren. «Allein hätte ich schrecklich Angst, schreibt sie, aber mit Pietro fürchte ich mich nicht.» Der starke Mann, der allmächtige Mann (der dennoch ziemlich Mühe hätte, sie ans Ufer zurückzubringen, wenn sie plötzlich den Krampf bekäme), der Verführer mit den schönen Augen und den blitzenden Zähnen, der jetzt fragt:

«Also, wollen Sie, daß ich Ihnen jetzt die Hand küsse?»

Sie schreibt: «Ich wußte gar nicht, ob das im Wasser überhaupt möglich wäre, aber ich bin überrumpelt und sage sofort ja. So beugt Pietro denn seinen Kopf und drückt seine Lippen zärtlich auf meine rechte Hand. Ich bin sehr bewegt. Hat er das mit Maman auch gemacht? Dann zieht er mich an sich, und wir schwimmen wieder zum Ufer zurück. Ich möchte lieber, daß sich das alles auf dem festen Boden abspielt. Das wäre viel praktischer, hier draußen schluckt man dauernd Wasser dabei. Aber dennoch bin ich sehr glücklich. Pietro bittet mich wieder, Maman nichts davon zu sagen: ‹Ich schwöre es!› rufe ich begeistert aus.»

Hat er das auch mit Maman gemacht? Ja waren die Mädchen um 1935 denn so blöde, so unwissend? Das scheint fast unmöglich. Vielleicht wagte ich mich in meinem Leid in Gedanken nur nicht weiter vor, und meine Naivität war Verteidigung, eine Art Mitleid mit mir selbst.

Was ist von dieser Geschichte zurückgeblieben? War ich böse auf meine Mutter, oder fühlte ich mich schuldig, weil ich es gewagt hatte, mich mit ihr zu messen? Ich weiß es nicht. In meinem Tagebuch ist eine weitere Episode aufgezeichnet, die sich an einem Abend zutrug, als mein Vater abwesend war, um «süßen Wein» kaufen zu gehen. Meine Mutter erzählt einer Bekannten von den Ferien, spricht von Pietro und berichtet, wie mein Vater sich geärgert hat, als der erste Brief von ihr ankam, und wie er bemerkte, dieser schöne Italiener hätte sich bestimmt «mehr für die Mutter als für die Tochter» interessiert...

Sehen wir uns diesen Ausspruch genauer an: Im Klartext heißt das doch, daß auch mein Vater meine Mutter für liebenswerter hält als mich, daß er mich auch so behandelt, als wäre nichts an mir, was auf einen Mann an-

ziehend wirken könnte. Was meinen Sie, Herr Dr. Freud? Ist die Verzweiflung, die mich ergreift, berechtigt oder ist sie der Eigenart eines introvertierten kleinen Mädchens, das viel zu sehr mit sich selbst beschäftigt ist, zuzuschreiben? Was es auch gewesen ist, jedenfalls haben mir meine Mutter, Pietro und mein Vater alle schön der Reihe nach meine Nichtswürdigkeit bestätigt, mir gezeigt, wie unbedeutend ich bin. Und jetzt, da wir schon beim letzten Akt angelangt sind, mischt sich die Gesellschaft, in der Person dieser Freundin meiner Mutter, mit dem Ausruf ein:
Das war doch klar, daß er sich mehr für die Mutter als für die Tochter interessierte!
Warum ist das klar? frage ich.
Das liegt doch auf der Hand, sagt die Freundin, was bildest du dir denn ein?...
Nichts Besonderes...
Meine Mutter greift ein: sie hat einen mitleidigen Ton in der Stimme, wie sie erklärt, daß Pietro leider erst mich angesprochen hätte, was eine gewisse Unklarheit aufkommen ließ. Ich habe in mein Tagebuch geschrieben, daß ihr «Mitleid mich ärgert», und ich versuche, mich zu verteidigen, indem ich mit «kecker Stimme» andeute, daß er sehr «nett» gewesen sei, wenn wir zusammen allein waren.
Die Freundin meiner Mutter mustert mich erbarmungslos.
Also, dieses Mädchen! sagt sie voller Verachtung.

Ich habe geschwiegen und mußte die Tränen zurückhalten. Ich bin hinausgegangen. In diesem «Also, dieses Mädchen!» lag etwas so Endgültiges, Vernichtendes, daß jede Antwort sinnlos, lächerlich gewesen wäre.
Ich habe es lange mit mir herumgetragen, schön eingesponnen in eine Hülle aus Kummer und Feindseligkeit.

28. August 1978

Die Angestellten im Pflegeheim sind jung, fröhlich, oft auch schön. Ich sehe ihnen zu und verstehe nicht, woher sie ihre Kraft nehmen. Dank ihnen ist alles, was man sieht, wenn man durch die Korridore geht, makellos. Sauber. Geruchlos. Sie wischen weg, was sich wegwischen läßt. Sie waschen Bekleckertes aus, beseitigen Exkremente, reinigen die Körper, die Betten, wechseln die Leintücher. Nirgends ist der unaufhaltsame Zerfall sichtbar.
Aber sie können die Kranken nicht immer am Schreien hindern. Ganz nah beim Zimmer meiner Mutter schreit eine Frau mehrmals täglich so, als wäre sie in Todesangst. Ich war gestern da, als sie im Badezimmer heulte, als würde sie gefoltert. Und als dann alles wieder still war, hörte man wieder dieses seltsame, monotone, regelmäßige Wimmern – diese rhythmische Klage.
Stört dich das nicht sehr?

Nein, nein, ich höre es nicht mehr.
Hast du gefragt, was es ist?
Nein.
Sie sagt nicht mehr, es sei ein Kind. Ich vermute allmählich, ohne daß ich wage, es auszusprechen, daß es dieselbe Kranke ist, die, wenn sie nicht schreit, den ganzen Tag über wie ein Baby wimmert. Es ist schwer, sich an diese Vorstellung zu gewöhnen. Wieder möchte ich feige fliehen. Aber meine Mutter bleibt. Ohne sich zu beklagen. Sie hat sogar schon etwas mehr Appetit. Und sie sagt, sie finde die Tage gar nicht so lang, seit sie auch wieder ein bißchen in den Park gehen kann. Sie zeigt sich auch viel weniger beeindruckt von denen, die sie dort trifft, als ich. Aber nicht Alter und Krankheit haben sie unempfindlicher gemacht: Sie ist immer stärker gewesen als ich, selten aufgebracht, nie verzweifelt (wenigstens schien es so), sie hat weder meine Entrüstung noch meine Begeisterungsstürme je geteilt, hat kaum gezeigt, was sie dachte, wirklich für sich dachte, was sie hoffte, erwartete. Statt zu reagieren, hat sie geschwiegen, und dieses Schweigen habe ich oft, ob zu Recht oder zu Unrecht, als Vorwurf empfunden.
Ich lechzte nach ihrer Anerkennung. Ich war, wie ich schon gesagt habe, so lange unfähig, mich gegen sie, oder besser gegen das, was ich mir vorstellte, daß sie dachte, aufzulehnen. Das war eine strenge, oft geradezu lähmende innere Zensur. Ich habe Jahre gebraucht, um mich davon zu befreien.

Das ist besonders unbegreiflich, weil sie nie versucht hat, mir enge Moralbegriffe einzutrichtern, mich in ein Geflecht von Verboten einzusperren. Im Gegenteil, sie war immer geduldig, verständnisvoll, offen. Meine beste Freundin, wirklich, mit der ich alles teilen wollte, was mir wichtig war. Weshalb habe ich dann eines Tages, ganz früh in meiner Kindheit, damit begonnen, sie mit diesem strengen Gewissen in mir zu identifizieren?
So wartete ich denn auch, bis ich achtzehn Jahre alt war, bevor ich wagte, meinen ersten Kuß zu bekommen. Und das nicht ohne Schwierigkeiten, nicht ohne innere Zerrissenheit: Da war die eine, die handelte, und da die andere, die sie unbarmherzig beobachtete, entschlossen, ihr die Freude zu verderben. Kurt allerdings nahm ich niemandem weg. Weder meiner Mutter noch einem anderen Mädchen. Er war zwanzig, er sah gut aus, er war bei der SS, und 1938 hatte diese Abkürzung noch nicht den düsteren Klang, die sie einige Jahre später bekommen sollte. Wenigstens für mich nicht, denn zu dieser Zeit hatte ich, wie fast alle Mädchen meines Alters in der welschen Schweiz, keine Ahnung von Politik. Ich wußte gar nichts über die nationalsozialistische oder faschistische Ideologie. Aber ich erinnere mich – und das muß ich eingestehen –, daß ich von Hitler und Mussolini auf eine gewisse Weise fasziniert war, und das erklärt vielleicht auch bis zu einem gewissen Grad den Erfolg, den sie in Italien und in Deutschland bei einem großen Teil der Jugend hatten. Die Faszination war

übrigens, je nachdem, wem von den beiden sie galt, ganz verschieden. Mussolini, so scheint mir, muß für mich den Vater repräsentiert haben, den starken, vertrauenerweckenden Vater, der mir fehlte. Das Ideal, das er den jungen Italienern zeigte – «Meglio un giorno da leone che cento giorni da pecora» –, schien mir viel aufregender als die schweizerische Wirklichkeit, dieses fade Wohlergehen in der Zukunft, von dem ich nicht wußte, wie ich ihm entrinnen konnte. Hitler allerdings war kein Vater, ganz sicher nicht, er war der Magier, das böse Genie, einer, der einem die Abgründe des eigenen Selbst auftat. Mich hat ein Satz sehr berührt, den ich kürzlich in «Mourir d'absence» las, dem Buch von Maren Sell, einer jungen Deutschen, die 1945, im Jahre Null, geboren wurde und die in einem schmerzlichen Prozeß auf der Suche nach der eigenen Identität ist: «Deutschland hat mich Großes gelehrt: die Sehnsucht, das Übersichselbsthinausgehen, das niemals zu stillende Verlangen nach dem Unmöglichen.» Sie hat den Nazismus nicht miterlebt, sie kann nicht wissen, daß es genau das war – Sehnsucht, das Übersichselbsthinausgehen, das niemals zu stillende Verlangen nach dem Unmöglichen –, was es Hitler so leicht machte, Deutschland in seinen Fanatismus mitzureißen. Es sind Regungen, die ich auch in mir wiederfinde und die, das weiß ich, mein germanisches Erbe sind; damals, als ich auf der Leinwand diese Massen sich um den kleinen Mann scharen sah, der ein wenig Charlot glich, erzeugten sie in mir jenen bis

in die Eingeweide fühlbaren Schwindel. In einem einzigen großen Rausch brüllten die deutschen Menschenmassen auf, und ich fürchte, er hätte mich, wenn ich unter ihnen gewesen wäre, auch erfaßt.
Als ich Kurt am Strand kennenlernte, habe ich wohl nicht viel gedacht. Ich sah nur, wie gut durchtrainiert sein Körper war und daß er aus dem Stand heraus die unwahrscheinlichsten Sprünge machen und sich mit Leichtigkeit langsam auf den Kopf stellen konnte, um, wie er sagte, nach dem Schwimmen im See das Wasser aus seinen Ohren herausfließen zu lassen.
Zu dieser Zeit, im Juli 1938, gab es in Deutschland schon seit vier Jahren Konzentrationslager, aber wir wußten nichts davon: Die ersten Opfer waren Deutsche, die Gegner des nationalsozialistischen Regimes waren, das vergißt man oft. Die Vernichtung von Tausenden von menschlichen Wesen wurde vorbereitet. Was wußte Kurt, der so «sanft» war, wie ich mehrmals in mein Tagebuch schrieb, von alldem?
Wir sind zusammen Hand in Hand dem Strand entlanggeschlendert, wir sind aufs Floß hinausgeschwommen und dort eines Tages sehr lange ganz nah beieinander gesessen, Schulter an Schulter. Ich fand da diese Lust wieder, die mich, genau wie vor drei Jahren in Alassio, durch ihre verwirrende Intensität überraschte.
Eines Nachmittags gingen wir zum Tanzen in den Kursaal, auf eine Terrasse über dem Quai, auf dem es damals noch wenig Autos gab. Ich war entzückt, törich-

terweise, daß ich mich in Begleitung eines so gutaussehenden, blonden, athletisch gebauten und sonnengebräunten Burschen zeigen konnte. Ich wartete ungeduldig darauf, daß das Orchester einen Tango spielen und ich mich ungestraft und ohne Schuldgefühle, auf die scheinheilige Weise, wie das zu dieser Zeit üblich war, den verbotenen sinnlichen Freuden hingeben könnte. Aber als die ersten Takte von der «Cumparsita» erklangen, lehnte sich mein Freund Kurt genüßlich in seinem Sessel zurück:

Das, erklärte er, tanzen «wir» nicht!

Auf einmal war er nicht mehr der nette junge Mann in den Ferien, sondern Hitlers Offizier, ein Vertreter der unbestechlichen Herrenrasse. Ich, die kleine Schweizerin, die wahrscheinlich nicht einmal ganz arisch und ein wenig dekadent war, sollte nur schweigen und mein Verlangen nach unaussprechlichen Empfindungen zügeln. Das tat ich denn auch und verbarg meine Enttäuschung.

Aber als wir einige Tage später am Strand waren, sagte Kurt, der schon eine Zeitlang meine Schulter liebkost hatte:

Komm!

Wohin?

Er zeigte auf einen versteckten Ort hinter der letzten Reihe der Ankleidekabinen.

Dorthin.

Warum?

Komm!

Er nahm mich bei der Hand, und ich folgte ihm.

So, sagte er, schlaf jetzt.

Ich streckte mich etwas beunruhigt neben ihm aus. Schon eine Zeitlang dachte ich oft an den ersten Kuß, den ich erhalten würde. Das war, so schien es mir, ein ungemein wichtiges Ereignis im Leben einer Frau, eine einmalige Erfahrung. Ich habe mir die Szene oft bis ins letzte Detail ausgemalt: seine Lippen, die sich zögernd, langsam den meinen nähern, sich endlich mit ihnen vereinen. Ekstase.

Ja, aber jetzt hatte ich Angst. Das war die traurige Wirklichkeit.

Ich wäre am liebsten geflohen und hätte Kurt nie wiedergesehen. Mir war genau so zumute, als säße ich auf dem Zahnarztstuhl meines Vaters, gelähmt, die Kehle zugeschnürt, in dem beängstigenden Augenblick, da sich der Bohrer meinem halboffenen Mund nähert. «Mach den Mund weiter auf!» sagte mein Vater. «Mach den Mund auf!» sagte Kurt. Aber ich preßte die Zähne zusammen, wehrte mich gegen seine Zunge (dieses weiche, dicke, nasse Etwas), die sich zwischen meine Lippen zu drängen suchte.

Mein Widerwille war so heftig, daß ich einen hoffnungslosen Versuch machte, alles auf eine andere, anständigere Ebene zu bringen, auf die der Gefühle:

Wirst du an mich denken, wenn du wieder in Berlin bist?

Ja, ja, schlaf jetzt!
Auf dem Feld jenseits der Straße verbrannte jemand trockenes Gras. Noch heute erinnert mich dieser Geruch an meine Verwirrung, meinen Abscheu. Wie konnte ich mich aus der Affäre ziehen, ohne Kurt vor den Kopf zu stoßen? Schließlich sagte ich ganz unvermittelt, ich müßte gehen, meine Mutter erwarte mich, es sei schon spät.
Ich stand auf. Er sah mich verständnislos an. Ich verstand selbst auch nichts mehr. Am liebsten hätte ich geweint und gesagt: «Versuch's nochmals, laß mich nicht gehen», aber schon eilte ich dem Sonnenschirm am anderen Ende des Strandes zu, unter dem meine Mutter mit ihren Freundinnen fröhlich plauderte. Ich kam dort an, mit bestürzter Miene, außer mir: «Maman, ich will nach Hause!» Sie glaubten – so habe ich erst später erfahren –, jemand hätte versucht, mich zu vergewaltigen.
In den folgenden Tagen habe ich das Alleinsein mit Kurt gemieden. Die Angst war viel stärker als die Zuneigung, die ich für ihn empfand, und die Lust, seine Haut, seine Hände zu berühren.
Einen Tag vor seiner Abreise von Genf habe ich ihn im Parc des Eaux-Vives zuletzt getroffen. Er hat mir die Hand gegeben, ich hoffte, er würde mich in die Arme nehmen.
Bevor der Krieg ausbrach, hat er mir noch zwei oder drei kurze Briefe geschrieben, in denen ich zwi-

schen den Zeilen nach Zeichen einer Liebe suchte, die offensichtlich nicht vorhanden war. Ein Widerschein dessen, was ich für ihn zu empfinden glaubte, jetzt vor allem, da ich nichts mehr zu befürchten hatte und er als Abwesender zu einem Darsteller in meinem kleinen Traumkino geworden war.

31. August 1978

Heute morgen habe ich eine Stunde von meiner Arbeitszeit abgezweigt, um endlich die Gedichte von Eluard abzuhören, weil ich da den Satz wiederzufinden hoffe, der mich verfolgt, den ich an diesen wunderbaren späten Augusttagen beim Gang durch den Park des Pflegeheims immer wiederholen muß: «Es ist so schön, daß man nicht daran glauben kann.» Die Gedichte werden von Gérard Philipe rezitiert, und sie beschwören wieder diese Zeit nach dem Krieg herauf und die ungeheure Hoffnung von damals, eine neue Welt entstehen zu sehen.

Aber ich finde den Vers nicht, den ich suche. Was tut's: Ich habe eine wunderbare Stunde erlebt. Gestohlene Zeit, wie gesagt, weil scheinbar unproduktiv. Noch ist die Zeit nicht gekommen, da man sich keine solchen Unterbrüche mehr gestatten darf, aber sie ist schon im Anzug, fürchte ich, in all diesen von den Technokraten beherrschten Büros, die mit ihren Computern und Karteien das zerstören könnten, was unentbehrlich für schöpferische Arbeit ist: Begeisterung, Spontaneität, Hingabe.

Als ich in mein Büro zurückkomme, stoße ich wieder auf Herrn Braun. Jetzt kümmert er sich nicht mehr um meine zwei Pulte. Was ihm jetzt verdächtig, unklar, unkorrekt scheint, hat etwas mit meinem Anschlagbrett zu tun. Ein ganz unschuldiges Anschlagbrett, wie mir scheint, das er jetzt kritisch und beunruhigt in Augenschein nimmt. Nach langem Schweigen fragt er mich, ob ich wisse, woher dieses Anschlagbrett kommt. Nein, ich weiß es nicht, ich dachte auch, daß ich mich darum nicht kümmern müsse. Jemand hat es mir gebracht, und es ist mir sehr teuer, weil ich hier alle möglichen Zettel und Notizen anpinnen kann, die sich sonst unter meinen Papierstößen verlieren könnten. Das alles erkläre ich Herrn Braun mit einer Beredsamkeit, hinter der ich mehr schlecht als recht dieses unbehagliche Gefühl verberge, das mich wieder überfällt.

Schweigen. Wir sehen beide das Anschlagbrett an. Dann eröffnet mir Herr Braun endlich trocken, daß das nicht geht, daß das nicht akzeptabel ist: Dieses Anschlagbrett gehört nämlich zum Material des Fernsehens, weshalb ist es denn hier, in meinem Büro, beim Radio? Ich bin verblüfft: Wie soll ich nun eine solche Unregelmäßigkeit erklären, wie beweisen, daß ich daran nicht schuld bin? So wie Herr Braun mich ansieht und dabei an seiner dicken Zigarre zieht, ist es klar, daß er mich verdächtigt. Welcher Missetat denn? Daß ich nachts in den Büroturm des Fernsehens eingedrungen, das Anschlagbrett gestohlen und auf meinen Schultern hierhergetragen habe? Ich wiederhole, was ich schon gesagt habe, aber jetzt mit weniger Überzeugung: Ich habe eines verlangt, man hat es mir hier an der Wand plaziert, und ich, entschuldigen Sie, Herr Braun, habe nicht danach gefragt, wo es herkommt. Ist das schlimm? Er nickt mit dem Kopf: Ja, das ist ärgerlich, denn jetzt muß er die Etikette des Anschlagbretts wechseln und seine Listen korrigieren. Aber er wird das, so gut es geht, in Ordnung bringen. Er ist mir deswegen nicht böse.

Er geht.

Ordnung. Ordnung um jeden Preis. Ist das ein Abwehrreflex gegen eine in Auflösung begriffene Welt, die sich selbst zerstört? Vielleicht. Manchmal morgens, wenn die Angst mich beherrscht, ertappe ich mich dabei, wie ich alles mit krankhafter Sorgfalt an seinen Platz stelle, bevor ich aus der Wohnung gehe, so als könnte ich damit gegen die heimtückische Arbeit des Todes ankämpfen.

Und noch einmal die Straße, die zum Spital hinaufführt. Und wieder der grüne Rasen, die frischen Blumen, die zarte Linie der Hügel gegen den blauen Himmel. Wieder die Männer und Frauen, die sich so viel Mühe geben, um weiterzuleben, die sich vielleicht an die Zeit erinnern – wenigstens jene, die noch denken können –, da sie sich in ihrem Körper wohl fühlten. Vor mir im Korridor geht gebückt und zusammengekrümmt eine ganz alte Frau. Ein Bein, sie versucht das Gleichgewicht zu finden, eine Sekunde Pause, dann das andere Bein, das, so gut es geht, neben das erste gestellt wird. Ein Schritt, noch ein Schritt. Vor ihr ist der Korridor ganz leer, er muß ihr endlos erscheinen. Das helle Fenster-viereck ganz am Ende außer Reichweite. Sie ist klein, verloren. Graue ungekämmte Haare, dünner Hals. Ihre Einsamkeit. Ich gehe langsam, damit ich sie nicht überholen muß.

Das Zimmer meiner Mutter ist eine Oase des Friedens. Sie erzählt mir, daß am Abend Pfleger und Pflegerinnen zu ihr kommen und mit ihr plaudern. Um sich ein bißchen aufzuheitern, sagen sie, nach all dem, was sie den ganzen Tag über gesehen haben.

Die Schreie, das Wimmern?

Ja, sagt sie, immer noch. Letzte Nacht hat «man» lange geschrien. Und das Klagen hört man fast immer. Auch jetzt? Wir schweigen. Alles ist still; das große Spital scheint ganz friedlich zu sein. Ich zwinge mich zu vergessen, das Bild der kleinen alten Frau im Korridor mit ihren unsicheren Schritten wegzuwischen. Zu sprechen. Ihr vom Leben zu erzählen, von Gilliane, von diesem schönen Spätsommer draußen auf dem Land. Von der Zukunft auch. Denn bald wird es ihr besser gehen, sie wird nach Hause zurückkehren können, sie wird wieder gehen, nicht so gut wie vorher natürlich, aber so, daß sie wieder ein normales Leben führen kann. «Nein», sage ich still für mich, «hab keine Angst, ich lasse dich nicht in der Krankheit versinken, dem Alter, ich halte dich so fest, daß du nicht wirst wie die andern hier, daß du bei uns bleibst. Der Abgrund gähnt, ganz nah, aber du wirst nicht hineinfallen. Solange ich da bin, verschlingt er dich nicht.»

Sie sitzt in ihrem Sessel und lächelt mich an. Ihre weiche Haut, wenn ich sie küsse. All die vielen Jahre, seit meiner Kindheit, ist ihre Haut so weich geblieben.

3. September 1978

Winter 1939–40, welch seltsame Zeit ... Der Krieg breitete sich aus, Europa versank im Dunkel. Hier Mobilisation, Verdunkelung, Lebensmittelkarten. Für mich der Beginn des wirklichen Lebens: Schluß mit der Schule, dieser geschützten, künstlichen, abgeschlossenen Welt. Nun mußte ich versuchen, mich in die Gesellschaft der Erwachsenen einzufügen. Ich dachte manchmal an das Sesseltanzspiel: Würde es mir gelingen, einen Platz zu ergattern? Es begann schlecht. Die Umstände erlaubten es mir nicht, ein Universitätsstudium zu absolvieren. Ich habe mich widerwillig als Stenodactylo ausgebildet.

Zu Hause die Szenen. Mir schien, zwischen meinem

Schicksal und dem der Welt gäbe es eine gewisse Übereinstimmung: alles zerbarst in Explosionen.
Gisèle und ich haben uns im Oktober mit einer Bande deutscher Studenten zusammengetan. Nette, friedliche Burschen. Sie lernten an der Universität Französisch. In Wirklichkeit betrieben sie Spionage, aber das haben wir erst später erfahren. Unter ihnen auch andere Ausländer. Einige Ungarn. Zum Beispiel Ferenc H. Er arbeitete für den Intelligence Service.
Von den geheimen Aktivitäten unserer neuen Freunde schimmerte nichts durch. Von außen gesehen waren wir einfach junge Leute, die sich trotz des Krieges so lange amüsieren wollten, wie noch Zeit dazu blieb. Wir haben oft getanzt. Im internationalen Studentenhaus und in einem deutschen Lokal, unter den großen Porträts von Hitler, Goering und Goebbels.
Ferenc H. hat mich etwas Wichtiges über mich gelehrt. Ich haßte diesen Typ. Er war kalt, arrogant, zynisch. Aber er wirkte physisch anziehend auf mich. Ich, die Idealistin, die so lange in erhabenen Höhen geschwebt hatte, die die «Liebe» so hoch schätzte ... ich begann zu begreifen, daß die Männer Gefühle und Sinnlichkeit sehr leicht voneinander trennen können: das war eine Wirklichkeit, die ich mich zu akzeptieren zwang, obschon ich mich innerlich dagegen wehrte. Aber ich selbst! Nun entdeckte ich, daß ich ihnen darin glich!
Ferenc H. hat mich ein einziges Mal geküßt, an einem Abend, als er mich nach Hause brachte.

Ich will nicht.
O doch, Sie sind ganz scharf darauf.
Er hat mich hart an sich gepreßt. Und ich habe keinen Widerwillen empfunden wie damals mit Kurt, den ich doch ganz gern hatte. Dann habe ich ihn weggestoßen.
Ich will Sie nie mehr wiedersehen.
Ich bin ins Haus gegangen. Im Badezimmer habe ich mir zornig die Lippen abgeputzt. Ich habe dieses Mädchen im Spiegel angesehen, habe sie nicht wiedererkannt, wollte nichts mehr mit ihr zu tun haben. Ich verachtete sie. Ich habe Wort gehalten. Ich habe Ferenc H. nie wiedergesehen. Aber mein Körper, das wußte ich genau, gab sich nicht geschlagen. Von jetzt an mußte ich mit ihm rechnen.

Im Mai 1940, als die deutschen Panzer Holland, Belgien, Frankreich überrollten, während in der Ferne junge Männer in meinem Alter starben, begann ich, in einem Büro zu arbeiten.
Ein Bankinstitut, bei dem reiche Ausländer ihr Vermögen versteckten, um es vor dem Fiskus ihres Landes zu retten. Ich verstand überhaupt nichts davon und führte mit Hilfe einer großen Maschine, die ich nie richtig zum Funktionieren bringen konnte, frisierte Buchhaltungen.
Nach der Eroberung von Paris war ich zusammen mit einer Kollegin einen ganzen Nachmittag lang damit beschäftigt, verräterische Dokumente, die im Keller versteckt waren, zu zerreißen, Dokumente, die den Deut-

schen, falls sie in die Schweiz einmarschieren und Genf besetzen sollten, nicht in die Hände fallen durften. Ich mußte auch Briefmarken oder Semmeln für die anderen Angestellten kaufen gehen. Alles, was ich während sechs Jahren in der Höheren Töchterschule gelernt hatte, erwies sich als vollkommen unbrauchbar. Ich konnte viel weniger als die Mädchen, die die Schule schon mit fünfzehn verlassen und eine Lehre gemacht hatten. Ja, ich war auf dem besten Wege dazu, den ominösen Platz, den ich mir erobern mußte, zu verfehlen.

Ein Trost wenigstens und ein wichtiger: Ich muß nicht mehr um Geld betteln, damit ich mir Strümpfe kaufen oder Tram fahren kann. Ich spare Franken um Franken zusammen, damit ich Ende Juli mit meiner Mutter in die Ferien fahren kann.

In diesem ersten Kriegssommer war es im Tessin ruhig, und man hörte den Kanonendonner drüben am andern Ufer des Lago Maggiore noch nicht. Das italienische Ufer war still, düster, unerreichbar.

Am ersten August habe ich in Ascona meine Mutter allein in dem kleinen Restaurant gelassen, wo man unter freiem Himmel tanzte, und bin auf den Hauptplatz gegangen. Nach den patriotischen Reden hat die Menge die Landeshymne auf Deutsch, Französisch und Italienisch, in einem Gemisch dieser drei Sprachen, gesungen. Einige weinten. Ich auch, denn mir wurde zum erstenmal so richtig bewußt, was für ein Wunder die Schweiz in diesen Zeiten des Hasses und der Unduldsamkeit darstellte.

Dann bin ich zu meiner Mutter zurückgegangen. Und da, unter den Lampions, habe ich Bruno getroffen.

Er hat mich zum Tanz aufgefordert, hat mich an sich gedrückt, seine Wärme, seine sofort vertraute Haut, sein Arm um mich, meine Wange an der seinen, so als würden wir uns wiedererkennen. Alles ging sehr schnell in meinem Kopf, meinem Herzen, meinem Körper. Vor allem in meinem Körper – aber das wollte ich nicht wahrhaben. So heftiges Verlangen konnte nur aus der Liebe erwachsen, aus der großen, einzigen Liebe. Jede andere Wirklichkeit war unannehmbar.

Wir haben uns an allen folgenden Abenden getroffen. Meine Mutter blieb allein im Hotel, aber das war mir gleichgültig. Ich setzte mich, getragen von einem Sturm von Gefühlen und Empfindungen, über ihren Widerstand hinweg. Hingerissen, geblendet.

Ich wußte sehr wenig von Bruno, außer daß er schön war, sein Hemd wunderbar nach frischer Wäsche roch und sein Kraushaar sich unter meinen Händen weich anfühlte. Ich wußte gerade noch, daß er sechsundzwanzig war und in Locarno in einem Architekturbüro arbeitete. In den kurzen Augenblicken von Klarheit sagte ich mir, daß es bestimmt nicht Liebe war, was er an diesem ersten August in Ascona gesucht hatte, sondern eher ein schnelles Abenteuer, wie er es sicher im Sommer schon gewohnt war, wenn so viele Frauen herkamen, die weniger spröde waren als die jungen Tessinerinnen. Daß ich nur eine seiner vielen Eroberungen und der Sturm, den ich erlebte, für ihn nichts als eine banale Geschichte sei, genau so wie all die anderen Frauengeschichten.

Aber das half nichts. Ich war verrückt. Ich verbrachte die Ferientage wie eine Schlafwandlerin, wartete nur auf den ersehnten Augenblick nach dem Nachtessen, da ich Bruno wiedersehen würde. Und dann flog die Zeit nur so dahin, die Minuten, die Stunden, wie konnte ich sie zurückhalten, bald würde es zu Ende sein, ich müßte nach Genf zurück, ich würde daran sterben, das war sicher.

Ein langer Abend am menschenleeren Strand von Ascona. Der Geruch der Erde vermischt sich mit dem des Sees. Über uns der gestirnte Himmel der Augustnacht. Zum erstenmal in meinem Leben entdecke ich, noch scheu und ungeschickt, einen Körper, der nicht der meine ist und so anders, daß er mich erschreckt und verwirrt, zum erstenmal entdecke ich auch meinen Körper, der unter den Händen, die ihn liebkosen, für jemand anders zu existieren beginnt. Die Ahnung eines Austauschs, in dem sich Zärtlichkeit und Verwunderung darüber, zugleich die Begehrte und die Begehrende zu sein, vermischen. Verlangen, Verlangen danach, zu wagen «Liebe zu machen», wie Bruno das möchte. Aber stärker als alles meine Weigerung, die, ich weiß nicht woher, aus welchem Tabu heraus kommt und die auch dieses Verlangen, das in meinen Eingeweiden brennt, nicht zu überwinden vermag. «Warum willst du nicht?» sagt er. «Es ist so schön, wenn du wüßtest!» Ich bin zwanzig Jahre alt, ich bin verliebt, ich möchte wirklich den Kopf verlieren, nichts mehr denken, aber ich sage immer noch: nein, bitte, ich will nicht. Und er wiederholt: Warum, sag mir warum...

Ja, warum? Ich kann keinen triftigen Grund nennen. An die Moralbegriffe, an die ich mich klammere, glaube ich gar nicht mehr: Würde ich es tun, so wäre ich nicht hier am Strand und ließe mich liebkosen. Ich glaube, mich hält ein Blick, der auf mir ruht, zurück. Wessen Blick? Der meiner Mutter? Der der «anständigen Leute»? Dieser bürgerlichen Gesellschaft, gegen die ich mich auflehne, ohne daß es mir gelingt, wirklich mit ihr zu brechen? Der Blick Calvins, so groß und so streng damals im Jardin des Bastions?

Oder mein eigener Blick, der mit unbarmherziger Härte auf mir ruht?

Ich habe bis zum Schluß, bis zu unserer Abreise gekämpft. Am letzten Abend habe ich Bruno auf einer Bank am Quai gebeten, mir nicht zu schreiben, obschon wir es anders vereinbart hatten. «Ich weiß, daß ich für dich nur ein Ferienabenteuer bin. Ich will versuchen, dich zu vergessen.» Was habe ich erwartet? Daß er mich in die Arme schließen und mir ewige Liebe schwören würde, genau wie in einem Roman von Delly? Gut, ich werde machen, was du willst, hat er nur gesagt. Da habe ich zu schluchzen begonnen. Aus der Fassung gebracht durch so viel Widersprüchlichkeit, hat er mich sanft zu trösten versucht. Er hat mir sein Taschentuch geliehen, damit ich die Tränen abwischen konnte, und hat mich ein letztes Mal geküßt, bevor er mich zum Hotel zurückbrachte.

Wieder in Genf, in meinem gewohnten Leben. Leere. Wie soll ich mich von diesem Sturm, der mich aus der Bahn geworfen hat, erholen? Wie darüber wegkommen, daß ich Bruno aus eigener Schuld verloren habe, ihn, den einzigen, den ich je werde lieben können – denn nun sehe ich das, was ich erlebt habe, schon in diesem Licht. Er handelt nur folgerichtig: er schreibt mir nicht, weil ich ihn darum gebeten habe, und die verzweifelten Briefe, die ich ihm sende, scheinen ihn nicht umzustimmen. Mein Tagebuch ist Zeuge dieser Leidenszeit, die sechs Wochen dauern wird:

9. August 1940

Ich habe den Zweifel kennengelernt, weil es dich gab, die Sehnsucht, weil es dich gab, die Hoffnung, weil es dich gab. In deinen Armen wandelte sich der Zweifel in Gewißheit, die Sehnsucht in Trunkenheit, die Hoffnung in Glück. Ich würde die Schweiz zu Fuß durchwandern, um dich wiederzusehen.

18. August 1940

Ich will dir angehören. Die Moral scheint mir nichtig, dumm, nichtssagend. Ich werde dir angehören, weil ich dich liebe, und niemand wird sagen können, das sei schlecht.

25. August 1940

Ich hasse alles, was mich von dir trennt: Grundsätze, Moral, das Gute. So viel Glück habe ich verschmäht, nur um zu bleiben, was ich war, was ich immer noch bin: ein junges Mädchen, das zu niemandem gehört. Was bringt mir dieser «Vorzug»? Nie gekannten Schmerz, bittere Reue, Tränen. Ich habe dich wahrscheinlich für immer verloren, nur damit ich den «ehrbaren» Leuten gerade ins Gesicht sehen darf. Ich würde die Verachtung vorziehen, möchte lieber, daß man von mir denkt ich sei auf «dem schlechten Weg», und dafür dir gehören.

3. September 1940

Warum wird man so bestraft dafür, daß man «moralisch» handeln wollte?

Am 15. September bin ich nach Locarno gereist. Nicht zu Fuß, nicht mal per Velo. Mit dem Zug, wie jeder-

mann. Bruno hatte endlich auf einen letzten Brief geantwortet, in dem ich ihm vorschlug, ich wolle im Tessin Arbeit für den Winter suchen – Gottseidank hatte die Bank, vom Kriegsverlauf dazu gezwungen, ihre Tore geschlossen. Ich erinnere mich, daß eine ernste Unterredung zwischen meiner Mutter und meinem Vater stattfand. Vater mußte mir nämlich gestatten, allein nach Locarno zu gehen, und deshalb mußte ihm die ganze Geschichte erklärt werden. Wie würde er reagieren? Ich ging zu Freunden zum Mittagessen, während meine Mutter ihren ganzen Mut zusammennahm, um mit meinem Vater darüber zu sprechen. Meine Unruhe während dieses Essens. Mein ganzes Leben hing von dieser Entscheidung meines Vaters ab. Glücklicherweise widersetzte er sich meiner Abreise nicht.
An einem regnerischen Septembermorgen stieg ich am Bahnhof von Locarno aus. Offiziell war ich gekommen, um während zwei Tagen abzuklären, welche Möglichkeiten es hier gab, Arbeit zu finden. In Wirklichkeit, um endlich mit Bruno ins Bett zu gehen.
Und da ist alles schiefgelaufen. Was ich in den Sternennächten im August voller Freude getan hätte, wenn ich den Mut gehabt hätte, meinem Verlangen nachzugeben, mußte nun gewissermaßen «kalt» absolviert werden, zudem nach sechs Wochen, die unsere Beziehung in einen Mythos und Bruno in eine Art Romanfigur, der er gar nicht gleichen konnte, verwandelt hatten. Und wirklich, ich habe ihn fast nicht wiedererkannt. Ich hatte

ihn kaum getroffen, so hatte ich Lust, wieder wegzufahren, ihm zu erklären, daß das alles ein Mißverständnis sei und ich das, wozu ich hergefahren sei, gar nicht mehr wolle. Aber natürlich bin ich geblieben. Enttäuscht von ihm, aber vor allem auch enttäuscht von mir, weil ich so unfähig war, folgerichtig zu handeln.

Und Bruno, was empfand er? Hat er mich wiedererkannt? Ich hatte in diesen sechs Wochen so viel durchgemacht, daß mein Gesicht ganz voller Pickel war. Vielleicht war er auch enttäuscht von mir, ohne es zu zeigen. Aber er konnte auch nicht mehr zurück. Wir saßen beide zusammen in der Falle.

Er hatte in einem alkoholfreien Deutschschweizer Hotel, im «Pestalozzihof», ein Zimmer (mit einem Bett) gemietet. Armer Pestalozzi, er hat es nicht verdient, eine solche Einweihung zu beherbergen, bei der die Liebe auf ganz außergewöhnliche Weise fehlte.

Diese furchtbare Angst, man könnte mich in diesem anständigen Hotel dabei überraschen, wie ich mit einem Mann aufs Zimmer ging. Die demütigenden Vorsichtsmaßnahmen, die wir treffen mußten – er zog die Schuhe aus, um keinen Lärm zu machen. Und dann meine Furcht vor dem, was jetzt mit mir geschehen würde, wo doch diese verrückte Begierde der Nächte in Ascona nun tückischerweise ganz verschwunden war. Ich war wirklich vollkommen unglücklich und verloren in diesem erbärmlichen Hotelzimmer, während draußen ein stetiger feindseliger Regen fiel.

Bruno war nicht grob, aber es tat mir weh. Mehr als ich gedacht hatte. Und dann all das Blut.
Ich hatte geglaubt, daß bei der Entjungferung eines Mädchens ein paar Tropfen Blut flössen, darauf war ich gefaßt. Aber ich, was weiß ich weshalb, blutete mehr als andere. Überall war Blut, das Laken war ganz voll davon. Und kaum war Bruno fort – er schien nicht zu bemerken, wie niedergeschlagen ich war –, mußte ich mich daran machen, dieses verdammte Laken zu säubern, die Spuren meiner Verfehlung zu tilgen, getrieben von einer Panik, die derjenigen eines Verbrechers glich, der bedacht ist, alle Beweismittel, die man gegen ihn verwenden könnte, zu beseitigen. In meiner Verzweiflung habe ich dieses blutbesudelte Laken schließlich ins Lavabo gestopft, um es mit Seife auszuwaschen. Aber das Wasser im Tessin ist offenbar weicher als anderswo, so daß ein wenig später nicht mehr das Blut, sondern nun der Schaum, der sich entwickelte, zum Problem wurde. Er überschwemmte das kleine Lavabo, vermehrte sich immer mehr, widerstand allen Versuchen, ihn auszuspülen – er würde das ganze Zimmer überfluten, mich zudecken, mich ersticken...
Ich sehe das Zimmer wieder vor mir, den Ort, wo das Bett stand, das Lavabo. Aber ich sehe mich selbst nicht, wie ich das Laken auswusch. Ich denke, ich habe geweint. Überdies blutete ich noch immer, und ich fragte mich schon, ob ich würde verbluten müssen...
Am anderen Morgen habe ich mit ungeschickten Aus-

reden in schlechtem Deutsch «meine Nase hat so schrecklich geblutet…» versucht, eine Erklärung für das schlecht gespülte und tropfnasse Leintuch zu geben (ich hatte, naiv wie ich war, gehofft, es würde in der Nacht trocknen), und dann bin ich allein im Regen, der immer noch anhielt, spazierengegangen. Unglücklicherweise hatte ich in der Hotelhalle gehört, wie jemand die Polizei erwähnte, und ich bildete mir ein, man würde sie nun rufen wegen mir, weil ich verbotenerweise einen Mann mit aufs Zimmer genommen, mit ihm geschlafen hatte, ohne verheiratet zu sein, und erst noch die Laken beschmutzt hatte.

Ich bin lange in Locarno umhergeirrt und habe hin und her erwogen, ob ich es überhaupt wagen könnte, ins Hotel zurückzukehren, all den Blicken und der Polizei zu trotzen, die mich dort vielleicht schon erwartete.

Am folgenden Abend habe ich das Blut, das immer noch floß, als Vorwand gebraucht, um Bruno daran zu hindern, zu mir ins Zimmer zu kommen, und am nächsten Morgen habe ich mich am Bahnhof von ihm verabschiedet.

Endlich hatte der Regen aufgehört. Der Himmel war wieder strahlend wie im Sommer. Die Sonne schien auf die Palmen auf den Hügeln über den Gleisen. Ich war traurig und hatte Bruno nichts mehr zu sagen. Ich wußte nicht einmal mehr, ob ich ihn wirklich geliebt hatte. Ich fühlte mich beschmutzt. Nun rächte sich die veraltete Moral, die ich zu durchbrechen gewagt hatte, auf andere Weise; sie flüsterte mir immer diesen abgeschmackten Satz ins Ohr, der sich in meinem Kopf zu drehen begann: «Ich werde nie mehr ein richtiges junges Mädchen sein.» Und vor mir, die ich nun keines «anständigen» jungen Mannes, dem ich vielleicht noch begegnen könnte, mehr würdig wäre, tat sich eine Zukunft auf, die mir sehr unsicher und voller Gefahren und Fallen schien.

Wie sollte ich weiterleben? Versuchen, eine Fassade der Reinheit wiederherzustellen, oder den Mut haben, zu der Freiheit zu stehen, die es mir vielleicht eines Tages ermöglichen würde, endlich im Einklang mit mir selbst zu sein? Eine Freiheit, die Gilliane und ihre Altersgenossinnen gar nicht verteidigen müssen, die ihnen von vorneherein zugestanden wird. Wir haben sie für sie erobert, und nur wir können ermessen, wie viel uns das gekostet hat.

Ich habe wirklich fünf Jahre lang, bis ich Daniel kennenlernte, ein unbefriedigendes Leben geführt. Unentwegt schwankte ich zwischen zwei extremen Haltungen, von denen jede absurd war: entweder versteifte ich mich wieder auf meine alten Illusionen und glaubte, nun endlich die große Liebe gefunden zu haben, die all meine Erwartungen erfüllen würde, oder dann zwang ich mich dazu, mich in Abenteuer ohne Sinn und Zu-

kunft einzulassen, um mich abzuhärten, unempfindlich zu machen, zu lernen, nicht mehr zu leiden. Dabei blieb ich einsam und unfähig, mich von dem schlechten Gewissen zu befreien, das mich fast unentwegt quälte.
Ich arbeitete beim Internationalen Roten Kreuz. Der Krieg zog sich hin. Man hielt es in diesem verschonten Land fast nicht mehr aus, während der Schrecken sich Tag für Tag weiter ausbreitete. Unsere Probleme schienen mir nichtig: Rationierung, Mangel an Warmwasser, die Unannehmlichkeiten der Verdunkelung, dieses Leben auf Sparflamme, das trotz allem immer weiterging. Ich träumte davon, an der russischen Front Verwundete zu pflegen, der Gefahr, dem Leiden zu trotzen. Ich blieb, erzürnt über mich selbst, daß ich genauso auf Komfort und Sicherheit erpicht war wie meine Landsleute.
Die andern ahnten nichts von meinen «Lebensschwierigkeiten»: ein zurückhaltendes Mädchen, ein bißchen unscheinbar, nett, machte ihre Arbeit als Sekretärin gewissenhaft.
Den Sessel?
Hatte ich ihn endgültig verpaßt?
Nein, denn da war immer noch das Schreiben. In diesen bewegten Jahren habe ich meinen ersten Roman geschrieben, der 1944, als er publiziert wurde, einen kleinen Skandal entfesselte: Es war nur scheinbar eine Provokation, in Wirklichkeit versuchte ich damit nur die Freiheiten zu rechtfertigen, die ich mir gegenüber der

herrschenden Moral herausgenommen hatte. Ich erinnere mich, wie ich morgens früh zu Fuß zur Arbeit ging und mir auf dem langen Weg alle Höhepunkte, alle Details der Szene ausmalte, die ich am Abend, nach der Rückkehr, schreiben wollte.

Ich habe zwar mit einigen Kollegen im Büro Freundschaft geschlossen, aber meine wirklichen Gefährten waren Michèle und Franz, und dann die Pensionäre von Mademoiselle Courtet: Guido, Kenneth, Mercédès, Erna. Auch heute noch scheinen sie mir so wirklich wie die lebendigen Wesen, die zwischen 1941 und 1944 in mein Leben getreten sind. An Jacques Marchal, den Verführer, erinnere ich mich mit ebenso viel Haßliebe wie an die Männer, die mir in diesen Jahren weh getan haben.

7. September 1978

Herr Deckel, wo gehen Sie hin, Herr Deckel?

Der alte Mann ist mitten auf dem Korridor stehengeblieben, hat sich zum Pfleger umgedreht. Er stammelt etwas Unverständliches.

Wo gehen Sie hin, Herr Deckel?

Jetzt klingt die Stimme strenger.

Auf die Toilette, stammelt der Alte und will sich wieder auf den Weg machen.

Sie sind heute morgen schon viermal auf der Toilette gewesen. Jetzt bleiben Sie im Eßsaal. Punkt.

Der Alte kehrt um und trottet zum Eßsaal zurück, zerknirscht wie ein getadeltes Kind. Vielleicht war er einmal Arzt, Advokat, Journalist. Oder er ist vielleicht ein Leben lang auch so herumdirigiert worden, von seinem Chef im Büro oder seinem Meister. Ob einer Karriere gemacht hat oder nicht, ist hier nicht entscheidend. Alle sind gleich, zum ersten Mal. Der totale Zerfall macht sie gleich.

Einige Augenblicke später sagt mir meine Mutter, daß dieser Pfleger von den Antillen stammt. Daß er einer von denen ist, die abends zu ihr ins Zimmer kommen, sich hinsetzen, erzählen. «Wie ist das zu ertragen?» fragt er manchmal, «wie finde ich die Kraft, das zu ertragen?»

Eine Krankenschwester sondert sich, wenn sie nach einem Arbeitstag nach Hause kommt, erst für eine Stunde ab. Sie weint. Dann erst versucht sie, mit ihrer Familie das Leben weiterzuführen.

Sie ist es, die hinzugefügt hat: «Manchmal wirft man uns vor, wir würden in den Korridoren zuviel Lärm machen, zu laut sprechen, lachen. Aber das ist unsere Art, uns zu wehren, so, indem wir Lärm machen.» Ich habe dasselbe an mir bemerkt: Jedesmal, wenn ich in den Park hineinfahre, drehe ich das Radio meines Wagens mehr auf.

Erbenruf

Georges D., geboren am 27.8.1897, am 15. Juli ins Pflegeheim eingeliefert, ist gestern gestorben. Freunde, Bekannte oder Familienmitglieder des Verstorbenen werden gebeten, sich beim Sozialdienst des Spitals zu melden.

Die Einsamkeit gewisser Menschen. Man müßte Zeit und Kraft haben, nachzuforschen, wer dieser Mann war, müßte seine Lebensumstände rekonstruieren, seine Geschichte aufzeichnen. Damit etwas bliebe von ihm auf der Welt. Wenigstens eine Spur.
Meiner Mutter geht es Gottseidank immer besser. Sie wird bald nach Hause gehen können. Sie scheint nicht so bedrückt von all dem, was sie da um sich her sieht, durch dieses plötzliche Eintauchen in eine Welt des Alters, von der sie bis jetzt, obschon sie selbst älter wurde, glücklicherweise noch verschont war.
Gestern hat man sie gebeten, eine Frau vom Coiffeursalon abzuholen, die nicht mehr wußte, wer sie war, wie sie hieß und in welchem Teil des Heims sie untergebracht war. Dieser Zerfall des Geistes ist viel schlimmer als der des Körpers. Fürchterlicher als der Tod.
Die Schreie, das Wimmern? Sie haben aufgehört: Nachbarn, jene, die in den Villas neben dem Park wohnen, haben sich beschwert. Was hat man mit dieser alten Frau, die Tag und Nacht schrie und wimmerte, gemacht? Wo hat man sie versteckt, damit man sie nicht mehr hört? Was hat man ihr verschrieben, damit sie schweigt?
Ich bin heute, als ich aus dem Spital komme, deprimier-

ter als sonst. Ich entdecke eine Seite der menschlichen Existenz, die mir bis jetzt verborgen geblieben war, die ich nicht wahrhaben wollte. Die Vogel-Strauß-Politik. Jetzt weiß ich. Jetzt kann ich nicht mehr vergessen. Ich werde nie mehr ganz dieselbe sein.

Draußen ist es immer noch so schön, daß man nicht daran glauben kann. Wenn nicht Eluard das geschrieben hat, wer dann? Und in welchem Gedicht?

Cécile, wenn ich sage «Es ist so schön, daß man nicht daran glauben kann», erinnert dich das an etwas?

Sie denkt ein paar Sekunden nach:

Das steht in einem Gedicht von Aragon. Ein Gedicht das «Jetzt, da die Jugend...» heißt. Daraus wurde ein schönes Chanson gemacht. Unter anderen singt es auch Marc Ogeret.

Cécile ist eine Intellektuelle, eine Künstlerin. Jeden Tag schlägt sie sich in ihrem Büro am Boulevard Carl-Vogt mit all dem Papier, den Ordnern, der Schreibmaschine herum. Man muß sie gut kennen, bis sie einem anvertraut, daß sie mit bedeutenden Schriftstellern und Schauspielern unserer Zeit befreundet ist. Sie wäre, glaube ich, für ein anderes Leben gemacht. Aber sie spricht nie davon.

Ich gehe in die Diskothek und finde bald eine Platte von Ogeret: vertonte Gedichte von Aragon und darunter wirklich das, das ich seit Wochen suche und in dem es heißt: «Jetzt, da die Jugend in den blau sich färbenden Fenstern verblaßt, überlaßt andern das Lob des

Frühlings, jetzt, da die Jugend ihren lilafarbenen Blick abwendet, ist es so schön, daß man nicht daran glauben kann, es ist so schön wie noch nie.» Diesem und den anderen Gedichten, die alle im Krieg oder unmittelbar danach geschrieben worden sind, verleiht die brüchige, rauhe Stimme von Ogeret überraschende Akzente. «L'affiche rouge» (Das rote Plakat) («sie waren ihrer dreiundzwanzig, als die Gewehre ihre roten Blumen ausspieen, dreiundzwanzig, die vor der Zeit ihr Herz verschenkten»), dieses Gedicht der Résistance, dieses Gedicht von Blut und Hoffnung widerhallt in mir, als wäre im Laufe der Zeit eine Vergangenheit, die mir erspart geblieben ist, doch zu der meinen geworden. Aber vielleicht hat sie sich in Wirklichkeit dem kollektiven Gedächtnis Europas eingeprägt.

9. September 1978

Ich hoffe, Aragon wird mir das folgende Plagiat nicht übelnehmen:

Jetzt, da das Alter
eure Körper geknickt
eure Leben zerstört
eure Gedanken verwirrt hat
Ihr, die ihr wehrlos der Furcht ausgeliefert seid
der Krankheit
den Lähmungen
dem Zerfall

Ihr in euren Rollstühlen
verdorrt, unbeweglich
Ihr in euren Gitterbetten
wimmernd, klagend, stöhnend, geifernd
kratzend, gestikulierend, keuchend
Jetzt, da das Alter
euch zu Ungeliebten gemacht hat
zu Vergessenen, Verirrten
Schiffbrüchigen
Jetzt ist es schön draußen, im sanften Licht des
Spätsommers
ist es so schön, daß man nicht daran glauben kann
es ist so schön wie noch nie.

Ich bin nicht die einzige, die sich die Frage stellt: Wie viele unter ihnen wären längst tot, wenn nicht die Medizin, die Chirurgie in diesem letzten Viertel des zwanzigsten Jahrhunderts sie ins Leben zurückgezwungen hätte? Heute operiert man, so hat man mir versichert, zehnmal mehr Greise über achtzig als noch vor zwanzig Jahren. Man rettet sie, wenn sie Lungenentzündung oder andere Infektionskrankheiten bekommen, an denen man vor der Entdeckung des Penizillins und der anderen Antibiotika immer gestorben ist, wenn man ein gewisses Alter hatte.
Wofür rettet man sie? Diese Verlorenen, ans Bett Gefesselten, die von der Gesellschaft ausgestoßen werden,

weil sie sie nicht zu integrieren vermag, die sie in Ghettos, in Heimen abstellt, wo der Tod nicht auf einmal eintritt, sondern sich langsam, in kleinen Schritten nähert und auf jeden Fall irgendwann die Überhand gewinnen wird, aber nach wie langem Leiden...
Was ist besser: Jemanden zum Leben zu zwingen, wenn er weder die Kraft noch den Wunsch mehr dazu hat, oder ihm dabei behilflich zu sein, in Würde und Frieden zu sterben?

17. September 1978

Ich habe sie gestern morgen geholt. Ich bin noch einmal viel zu schnell die Treppe hochgestiegen, so wie ich es absichtlich während ihres ganzen Aufenthalts gemacht habe, um mir selbst zu beweisen, daß die Hüftarthrose, die vielleicht eines Tages aus mir eine Invalide machen wird, mich noch nicht so weit behindert, daß ich nicht Treppen steigen könnte, als fehlte mir gar nichts. Noch einmal bin ich durch den Korridor gegangen und habe dabei vermieden, mich umzusehen. Ich habe zum letzten Mal das weiße Zimmer betreten, in dem sie diese drei langen Wochen so mutig gelebt hat. Wir sind zusammen weggegangen, sie auf ihren Stock gestützt, bemüht, so flink wie möglich zu gehen, ich mit ihren zwei kleinen Koffern, die sie den ganzen Sommer über, von Spital zu Spital, von Untersuchung zu Untersuchung, begleitet haben.

Das Spital hat sich allmählich in der Landschaft entfernt. Der hohe graue Kamin, der von so weit her sichtbar ist, ist verschwunden. Sie hat sich wieder in dem Wohnblock eingerichtet, wo sie seit bald vierzig Jahren lebt. Ich habe ihn im Jahre 1936 auf einem meiner Streifzüge per Velo zufällig entdeckt: damals war er im Bau. Für uns war damals eine sehr schwierige Krisenzeit: Man hatte eben unsere Möbel beschlagnahmt, und wir mußten aus der Wohnung an der Rue Montchoisy, wo wir uns wohlgefühlt hatten, ausziehen. Ich vor allem hatte mich in meinem Zimmer im obersten Stock mit Blick auf den See, den Springbrunnen und den Jura wohlgefühlt. Ich hatte mich an die belebte Straße mit ihren kleinen Geschäften gewöhnt, ihren Bistros und, damals, dem Geruch nach frischgeröstetem Kaffee, der einen empfing, sobald man sich von der Place Jargonnant her näherte. Zudem hatten wir das Umziehen wirklich satt: die Wohnung von Montchoisy war schon die fünfte seit meiner Geburt. Aber wir mußten weg: Für den Verwalter war es undenkbar, Mieter zu haben, deren Möbel vom Betreibungsamt beschlagnahmt worden waren. Übrigens waren alle Verwalter von Genf derselben Meinung, und die Nachricht machte unter ihnen die Runde. Nur ein einziger wäre unter Umständen bereit gewesen, eine Ausnahme zu machen, weshalb, weiß ich nicht (war er ein Freund oder ein Verwandter meines Onkels?). Und das war ausgerechnet der, dessen Name auf dem Schild stand, an diesem im Bau befind-

lichen Haus in Grange-Canal, ein paar Schritte von der Villa entfernt, in der meine Mutter als kleines Mädchen ein paar Jahre lang gewohnt hatte.
Hatte ich mit meiner Entdeckung eine Lösung für unser scheinbar unlösbares Wohnproblem gefunden? Wahrscheinlich, denn wir sind in dieses Haus eingezogen und dort geblieben. Aber es war bestimmt nicht einfach: Ich erinnere mich, daß von einer Kaution, einer Summe, die hinterlegt werden mußte, die Rede war. Und in der Tat dauerte es noch einmal fünfzehn Jahre, als meine Mutter begann, etwas Geld zu verdienen, bis die Miete endlich regelmäßig bezahlt wurde, ohne daß sich das Ungeheuer aus der Altstadt einmischte. Als wir in die Wohnung in Grange-Canal zogen, war sie sechsunddreißig Jahre alt. Sie hat sich tapfer mit dem Unglück abgefunden, nun in einer fast leeren Wohnung leben zu müssen, die man nur allmählich wieder möblieren konnte. Ich war viel weniger tapfer. Ich war wütend darüber, daß ich kein Grammophon mehr hatte und so nicht mehr jene Liebeslieder hören konnte, die mich in eine Scheinwelt entführten.
Vor einigen Jahren hat meine Mutter die Wohnung gewechselt und ist vom vierten in den zweiten Stock hinunter gezogen. Aber der Eingang ist derselbe und die Lifttüren auch, die mein Vater an gewissen Abenden so langsam öffnete und schloß, während meine Mutter und ich, von derselben Unruhe gequält, darauf horchten. Ich denke immer noch daran, jedesmal wenn ich in den

Lift gehe, jedesmal, wenn ich die Türen auf- und zustoße. Sie bestimmt auch, wenn wir auch beide nicht davon sprechen.

Sie nimmt ihre Wohnung wieder in Besitz. Wird sie imstande sein, darin zu leben, für sich zu sorgen? Wie sind die Bewegungen, die ihr noch vor ein paar Monaten so leicht fielen, nun mühselig geworden, die kleinste Verrichtung kostet sie, das ahnt man, nun schmerzhafte Anstrengung. Und wie wird sie die Einsamkeit ertragen? Sie versichert mir wieder, wie glücklich sie ist, wieder zu Hause zu sein, und daß die Tage ihr bestimmt nicht lang werden. Sie wird lesen, Radio hören, sich ausruhen.

Sie beklagt sich immer noch nicht.

Wie soll ich mich nicht schuldig fühlen, ich, die ich dauernd in Auflehnung bin, gegen alles und nichts anrenne? «Du dramatisierst alles», pflegte Perceval zu sagen, «du bist nur glücklich, wenn sich ein Drama abspielt.» Sie dagegen hat alles, was ihr zugestoßen ist, bagatellisiert. Nie hat sie jemanden damit belästigt. Nie hat sie von sich und ihren Sorgen gesprochen. Ich erinnere mich, wie ich mir oft gewünscht habe, daß sie explodiert. Und jetzt möchte ich, daß sie sich mehr gegen ihre Krankheit auflehnt. Woher hat sie diese Fügsamkeit, wo sie doch nicht gläubig ist? Ich möchte sicher sein, daß sie kämpfen wird.

30. September 1978

Ich schlage ganz zufällig das dicke Buch von Georges Haldas «L'Etat de Poésie» auf, das ich immer in Griffweite habe. Auf Seite 111 stoße ich auf den Satz: «Aus dem Schlimmsten, das uns zustößt, müssen wir versuchen, das Beste zu machen.»
Man sagt, gewisse Menschen öffnen auf diese Weise zufällig die Bibel und finden die Antwort, die sie erwartet haben.
Das Beste aus dem zu machen versuchen, was uns als Schlimmstes zustößt...
Unter dem Druck des Leidens habe ich wieder mit Schreiben begonnen. Diese Seiten stellen den Versuch einer Antwort auf das Schlimmste dar, ja, wirklich, ein Bemühen, das Beste in mir zu geben.
Aber ob es gelingt, ist eine andere Frage. Doch vielleicht zählt das gar nicht. Der Versuch ist das Wichtigste, Haldas hat recht. Mit dem, was man hat, etwas anfangen. Mein Material sind die Wörter. Die Wörter, die mir entfliehen, mir Widerstand leisten, so als würden sie mir übelnehmen, daß ich sie so lange vernachlässigt habe, und die auch selten meine Erwartungen erfüllen. Aber dieser Kampf an sich ist schon so etwas wie ein Sieg über die Verzweiflung...

19. Oktober 1978

Er ist zehn Minuten nach Beginn der Direktsendung ins Studio gekommen. Langes Haar, tätowierte Arme, ein Ohrring, Ketten mit Anhängern um den Hals. Die typische Aufmachung des Bürgerschrecks.

Er hat sich per Telefon für eine Sendung über das Vertrauen zwischen Eltern und Jugendlichen gemeldet. Ich habe ja gesagt, ohne ihn zu kennen. Ich wußte, welches Risiko ich damit eingehe.

Er hat drei Jahre lang im Zuchthaus von Bochuz gesessen. Jetzt arbeitet er mit verwahrlosten, schwierigen Kindern. Er sagt, nur eines könne die menschlichen Beziehungen retten: die Liebe. Die Kinder müsse man nicht zu disziplinieren versuchen, sondern sie einfach lieben.

Im Studio und im Regieraum tut sich etwas. Das ist nicht einfach das übliche Geplätscher, wie es sich so oft einstellt.

Zwischen ihm und mir geschieht auch etwas. Dieser Junge hat einen klaren, eindringlichen Blick. Einen Blick, der in seiner Lebendigkeit im Kontrast steht zu den Augen so vieler respektabler Leute, die irgendwie erloschen, tot wirken.

Später, an der Bar, erzählt er: Die Liebe eines Mädchens hat ihm geholfen, wieder hochzukommen. Und dann die Gegenwart dieser Kinder, die ihn nötig haben. Er wiederholt: Man liebt nie zuviel, nie genug.

Gestern in diesem kleinen Saal das Theater der Emma Santos. Diese Frau, die es gewagt hat zu heulen, zu schreien. Muß man wirklich die Grenzen der Vernunft überschritten haben, die Wörter dort, wo die Sprache zur einzigen Zuflucht wird, zum einzigen Beweis dafür, daß man nicht tot, zerstückelt, zerrissen, zerfetzt ist, neu zusammenfügen – dieser fast unerträgliche Augenblick, da diese Frau am Boden die zerstreuten Bruchstücke ihres Gesichts zusammensucht, den Mund, die Nase, und da fehlt ein Auge, es gelingt ihr nicht, beide Augen zusammenzufügen, irgend etwas entgleitet ihr, verflüchtigt sich aus ihr, und sie zittert vor Entsetzen. Muß man denn wahnsinnig sein, ein Fall für die Psychiatrie, um angesichts dieses mit Füßen getretenen, geplünderten, zerstörten Lebens, das doch so schön sein könnte, sein müßte, angesichts des gedemütigten, gefolterten, gekreuzigten Menschengeschlechts, seine Auflehnung, seine Verzweiflung mit diesen Worten, die einen mitten ins Herz treffen, hinauszuschreien, hinauszuheulen?
Ich habe es schon einmal geschrieben: Manchmal bin ich erstaunt darüber, daß die Leute auf der Straße nicht schreien. Daß es ihnen gelungen ist, sich eine so perfekte Fassade zuzulegen, daß sie so gut lügen, verdrängen, sich vor den andern abschirmen können. Die Leute schreien nicht, sie weinen nicht auf der Straße. Aber sie lächeln auch nicht. Sie bemühen sich, neutral, anständig, gut erzogen zu erscheinen, ja keine Szene zu machen.
Ich selbst schreie auch nicht. Außer im Traum. Oft im

Traum: dann schreie ich so laut, daß es mich aufweckt. Diesmal habe ich sicher richtig geschrien, die andern damit alarmiert: Doch nein, alles ist ruhig, niemand rührt sich. Offenbar hat nichts die Grenzen meines Körpers überschritten, alles hat sich in mir drin abgespielt, und im Wachen erinnere ich mich nicht einmal mehr, warum ich geschrien habe. Welches innere Tabu ist denn so stark, daß es das sofort wieder auslöscht?

29. Oktober 1978

Diesmal bin ich allein mit Gilliane nach Italien gefahren. In dieses Land, das meine Mutter so geliebt hat und wo sie wohl, außer es geschieht ein Wunder, nie mehr hinkommen wird. Jetzt ist sie für eine Woche sich selbst überlassen in dieser Wohnung, in der sie sich nur noch mit Mühe selbst versorgen kann. Kein schlechtes Gewissen haben. Ich habe in diesen letzten Monaten getan, was ich konnte.

Es tut weh, allerdings. So viele Erinnerungen sind mit Italien verknüpft, mit dem Tessin, wo wir morgen über die «Autoroute du Nord» ankommen werden. Alle unsere Ferien. Zuerst sie und ich. Dann mit Gilliane, jeden Sommer von 1966 bis 1972. Aber Italien ist auch noch ein geheimeres Land – nicht nur das des Tourismus und der Strände – eines, das nur mir gehört.

1946. Der Krieg ist seit fast einem Jahr zu Ende. Ich überschreite an einem Maitag die Grenze. Offizielles Ziel: eine Rotkreuzmission, die man mir, so jung wie ich bin, anvertraut hat und die ich, so gut ich nur kann, erfüllen werde. Dazu der Grund, den nur ich kenne: Daniel für einige Stunden nach dieser Trennung, die mir so lang erscheint und doch nur zehn Monate gedauert hat, wiedersehen. Das Italien der Ruinen, der Armut und des Mutes. Die Leute lächeln diese privilegierte Ausländerin, die ich bin, an und teilen im Zug mit mir ihre Mahlzeit, ihren Wein; dieses Volk, das ich früher schon geliebt habe, auch wenn ich es nur oberflächlich kannte, und das ich nun nach diesen vielen Toten, diesem Leiden, nach den sechs Jahren, die ich in Sicherheit verbracht habe, während ich doch versuchte, mitzufühlen, und darunter litt, von der Jugend anderer Länder abgeschnitten zu sein, nun gleichsam von innen kennenlerne.

1947. Drei Monate an der Universität von Florenz. In einem Jahr ist Italien weitgehend wieder aufgebaut worden, die Strukturen sind wieder da, die Züge fahren, es gibt genug zu essen, die Armut ist weniger offensichtlich. Ich versuche, mich für Kunst zu begeistern, aber was ich hier wirklich liebe, ist das Leben. Der Geruch des Lebens in den Straßen, auf den Märkten, die Handwerker, die mit ihrem seltsamen Singsang vorbeikommen (die Scherenschleifer, Verzinner, Altkleiderhändler), die milden Abende am Ufer des Arno, die kleine

Straße zwischen zwei Mauern, die nach Fiesole führt. Und dieser Nachmittag in Bologna, da ich Daniel zum letztenmal sehe.

1948. Ich gehe nach Rom und werde dort bei der Delegation der «Schweizer Spende» arbeiten. Fünf Monate, sechs Monate, vielleicht auch länger. Ich werde nun wirklich in Italien leben und dort mein Leben verdienen, Freunde gewinnen. Ich verlasse die Familie, endlich werde ich erwachsen. Ganz an den Anfang dieser Zeit fällt dieser Besuch in den Baracken von Cassino – von dem ich schon erzählt habe. Die zerhackten Häuser, die kleine durcheinandergeratene Stadt. Und dann Castel di Sangro in den Abbruzzen, Neapel, wo ich krank werde, Formia, wo ich in ein Spital eingeliefert werde, das in einer der Schweizer Baracken, mitten unter mit reifen Früchten behangenen Orangenbäumen, untergebracht ist. Der Arzt diagnostiziert eine Brustfellentzündung. Ich muß in die Schweiz zurückkehren, daran können auch meine Tränen nichts ändern. Mein Aufenthalt in Rom hat nur vier Wochen gedauert. Nun folgt eine lange Krankheitszeit in Genf, eine Kur in Arosa, wo ich das Gefühl habe, hier werde alles zerstört, was meine wirkliche Jugend ausgemacht hat. Ein Teil von mir stirbt. Aber um wiedergeboren zu werden. Ich habe noch Zeit: ich bin erst achtundzwanzig Jahre alt.

Ich habe die italienisch-schweizerische Grenze noch mehrmals in der Zeit zwischen dem Herbst 1951 und Frühling 1952 überquert, da ich bei der Europäischen

Gesellschaft für Kultur in Venedig ein Volontariat absolvierte. Ich erinnere mich vor allem an eine ganz bestimmte Rückkehr nach einer Woche Ferien in Genf. Ich komme sehr spät abends in Venedig an. Die Stadt liegt verlassen, vollkommen still da. Das Vaporetto bringt mich durch den Canal Grande nach Hause, die Luft ist lau und erfüllt von einem süßlichen Geruch nach Fäulnis, wir fahren zwischen den Palästen durch, die für mich jetzt Heimat bedeuten. Ja, ich kehre nach Hause zurück. Venedig ist jetzt ebensosehr meine Stadt wie Genf.
Dennoch werde ich später nur noch zu kurzen Aufenthalten hierherkommen. So viele Dinge, die mir etwas bedeuteten, sind nicht mehr vorhanden. 1968 stehe ich wieder als Touristin auf dem Markusplatz, zusammen mit meiner Mutter und Gilliane, die noch keine fünf Jahre alt ist, dennoch möchte ich, daß sie diese Stadt lieben lernt, sie aber interessiert sich nur für die Tauben. Ich verlasse die beiden für einen Augenblick und mache mich auf die Suche nach einer bestimmten kleinen Brücke: Damals bin ich oft dort stehengeblieben, um ein Bild zu betrachten, das mich vollkommen gefangennahm, weil darin diese ganze unfaßbare Stadt enthalten zu sein schien, ihre Gerüche, ihr langsames Dem-Tode-Entgegensinken und, als Kontrast, die Intensität auch der flüchtigsten Lebensäußerungen. Der Kanal machte da ein Knie, formte einen winzigen Hafen, in dem ein paar verlassene, weiß wer wie lange schon vergessene

Gondeln schliefen. Gegenüber der Brücke ein sehr schmales Haus mit gesprungenem, abblätterndem rosafarbenem Verputz und ganz oben, im Dach, ein blumengeschmücktes Fenster mit einem am Fensterrahmen befestigten Vogelkäfig. Oft tauchte an diesem Fenster das Gesicht einer Frau auf: eine Frau, deren Alter ich nicht schätzen konnte, aber schön schien sie mir zu sein, und sie sah aus, als würde sie da hinter ihren Blumen, neben ihrem Vogel, auf irgend etwas warten. Die Gondeln wiegten sich sanft, Abfall trieb unter der Brücke durch, die Stille war vollkommen: Wir waren allein, ich und diese Frau, die Zeit stand still, wie in einem Film, der plötzlich, beim letzten Bild, angehalten wird.

1968 hatte ich als Touristin große Mühe, die kleine Brücke wiederzufinden; ich hatte mich im Gewirr der kleinen Straßen verirrt, mein Gedächtnis ließ mich wider Erwarten im Stich, und als ich endlich das Haus wiedersah, so war da kein Käfig mehr, kein Lebenszeichen. Nur die Gondeln waren noch da, das blaugrüne Wasser, die Abfälle: eine bewegungslose leere Kulisse alles, deren Anblick mir, ich weiß nicht recht weshalb, weh tat. Ich bin, so schnell ich konnte, wieder zum sonnenüberfluteten Markusplatz zurückgekehrt, wo Gilliane, so winzig in ihrem rosa Kleidchen, Mais um sich herum streute.

Und da ist es wieder, jetzt im Oktober 1978, dieses Italien, das ich mit Gilliane nicht teilen kann. Ein wichtiger Teil meines Lebens, scheint mir, aber wie soll ich ihr davon erzählen? Zudem kümmert sie im Augenblick die Vergangenheit kaum. Die Gegenwart, das Leben, das sie erwartet und das so anders sein wird als meines, als unseres, interessiert sie. Aber ich weiß doch, daß es zwischen uns eine gemeinsame Sprache gibt, daß nur ein wenig Aufmerksamkeit, ein bißchen Zärtlichkeit nötig ist, damit wir sie finden. Ich muß zum Beispiel verstehen lernen, daß die Gefühle, die ich angesichts der Schönheit des Aostatals empfinde, das im sanften Herbstlicht rot und golden schimmert, mit weißen Bergspitzen vor dem dunkelblauen Himmel, sich bei ihr darin äußert, daß sie fotografieren will, während ich in ihrem Alter Zuflucht beim Wort fand. Ich muß auch akzeptieren, daß sie jetzt damit beschäftigt ist, am Autoradio ihre bevorzugten Sender zu finden, mit den Schlagersängern, die sie am liebsten mag, und den Werbespots, die mich nervös machen, die aber – ob wir das nun wollen oder nicht – ein Teil der Umwelt sind, in der die Jugendlichen leben.
Die kleinen Gassen von Aosta lassen sie eher kalt. Sie haßt all diese Gerüche, sagt sie, und vor allem die Metzgereien, in deren Schaufenstern ganze Tiere ausgestellt sind. Das ist eben so: In der Schweiz wird alles, was schockieren könnte, verbrämt, getarnt. Die Metzger zerteilen die Kadaver und machen kleine saubere Fleisch-

stücke daraus. Der Tod, der der Menschen und der Tiere, ist dort diskret, während hier große, schwarz umrandete Todesanzeigen an die Mauern geklebt werden. Das Alter hat man in Ghettos verfrachtet, während hier kleine Greise ohne Scham in der Stadt herumlaufen, sich unter die Menge mischen, und die Armut ihr Gesicht offen zeigt.

Unsere Welt ist aseptisch, geruchlos, alles, was irgendwie stören könnte, wird versteckt.

Ich will es Gilliane nicht übelnehmen, daß sie jene Welt dieser hier, die ich jedesmal mit so viel Rührung und Sehnsucht wiederfinde, vorzieht. Sie ist an das Leben in Genf gewöhnt. Diese Vorliebe für das andere, die ich wahrscheinlich von meinem Großvater mütterlicherseits geerbt habe, teilt sie nicht. Vielleicht ist es besser so!

In dem Restaurant, wo wir abends eine Pizza essen, sendet das Radio alte Melodien: «Caminito» habe ich während des Krieges mit meinen deutschen und ungarischen Freunden getanzt, und dann «Dein ist mein ganzes Herz», was mich an meinen Vater und Richard Tauber, einen seiner Lieblingssänger, erinnert. Ich bin bestimmt nicht die einzige, die in Erinnerungen schwelgt. Ganz Europa scheint jetzt, Ende 1978, von seiner Vergangenheit fasziniert zu sein, bis zu dem Punkt sogar, daß die französische Haute Couture Naziuniformen zum Vorbild nimmt. Eine seltsame Erscheinung, die uns eigentlich alarmieren sollte.

Auch am anderen Tag, im Tessin, holen mich die Erinnerungen ein. All diese Straßen, die wir, meine Mutter und ich, während des Krieges oft entlanggeradelt sind. Sie war genau so ausdauernd wie ich. In Morcote, wo ich jetzt mit Gilliane zu Mittag esse, haben wir eines Tages ein Boot gemietet, und der Wind wurde so stark, daß wir beinahe nicht mehr ans Ufer zurückrudern konnten. Ich sehe sie wieder mir gegenüber sitzen: «Bist du nicht zu müde?» fragt sie, während sie sich an den Bootsrand klammert. Unser befreites Lachen, als wir endlich doch aus dem Schiff steigen. «Ich habe Angst um euch Fräuleins gehabt», sagt der alte Bootsvermieter. Und wir haben wieder zu lachen angefangen, weil uns einmal mehr jemand für Schwestern oder Freundinnen hielt.

Von Morcote aus erreichen wir über die Straße, die durch Carona und dem ganzen See entlang führt, Lugano. Vor uns, gegen den Himmel, der Monte Generoso. Wenn ich jetzt auch vermeiden wollte, die Vergangenheit zu beschwören, so gelingt mir das nicht. In dieser Gegend spricht alles aus der Vergangenheit zu mir. Auf dem Monte Generoso habe ich im Laufe jenes Ausflugs, ein paar Tage vor dem Abwurf der Bombe in Hiroshima, mit Marc einige Augenblicke intensivster körperlicher Erfüllung erlebt. Der Himmel war blau, der Berg, kahl wie am ersten Tag der Schöpfung, gehörte nur uns.

Während ich auf der Straße von Carona, mit Gilliane

neben mir, fahre, höre ich auf einmal wieder Marcs strenge Stimme: – Paß auf: so wie du bist, könnte es dir passieren, daß du nicht nur einen Mann, sondern die Männer ganz allgemein liebst.
Ich hatte diesen Satz ganz vergessen, und jetzt plötzlich trifft er mich wie ein Peitschenschlag, als wäre er soeben ausgesprochen worden:
Die ganze Brutalität der Vorurteile, die damals in den Beziehungen zwischen einem Mann und einer Frau, auch wenn sie scheinbar warm und voll gegenseitigem Vertrauen waren, unterschwellig eine Rolle spielten, ist darin enthalten. Für ihn ist sexuelle Lust etwas Natürliches, ja sogar ein Muß, bei ihr aber etwas leicht Anrüchiges, Schockierendes bis zu dem Punkt, daß man in ihr eine Abenteurerin mit ungewisser Zukunft vermutet. Noch jetzt, nach dreißig Jahren, bin ich wütend über mich selbst, daß ich damals keine Antwort darauf wußte, ja daß ich sogar ein bißchen schuldbewußt war. Aber ich glaube mich auch an eine noch schüchterne Wut in mir zu erinnern und an ein Gefühl der Gewißheit, daß die Dinge sich ändern würden, daß aus den Ruinen, die der Krieg hinterließ, nicht die alte Welt wiedererstünde und daß die Frauen recht bald ihre Sexualität nicht mehr versteckt und heimlich leben würden.

1. November 1978

Wir haben uns schön zwei und zwei nebeneinander an die Schülerpulte gesetzt und brav darauf gewartet, daß die Sitzung beginnt. Ein bißchen ängstlich, nicht sehr stolz, denn wir wußten nur zu gut, was man uns mitteilen würde: daß die Schüler dieser Klasse zu einem großen Teil schwierig seien, daß sie nicht so fleißig arbeiteten, wie man das in der ersten Lateinklasse des Collège Calvin in Genf eigentlich müßte, daß die Resultate im Hinblick auf die Zukunft nicht sehr ermutigend ausfallen würden.
Und genau so lautete denn, bis auf ein paar Variationen, auch die Rede, die man uns hielt und die wir ein wenig schuldbewußt angehört haben. Ich habe meistens Mühe, mich zu konzentrieren und meine Phantasie im Zaum zu halten, so sah ich denn dieses Pult aus Formica an und dachte an die «Gräber», die wir damals in unsere Pulte aus gutem altem Holz hineinkerbten, wenn wir uns zu sehr langweilten. Das erforderte eine recht raffinierte Technik: Man mußte mit dem Taschenmesser ein kleines Stück Holz so herausschneiden, daß es wenn möglich nicht zerbrach, was viel Geduld und Sorgfalt erforderte, dann legten wir ein Stück Papier ins Loch, auf das wir irgendeinen Gedanken, eine Bemerkung über einen Lehrer oder den Namen unseres Liebsten geschrieben hatten; dann kam die recht schwierige Geduldsarbeit, alles wieder so instand zu setzen, daß das

Grab sozusagen unsichtbar wurde. Wer später dann am selben Pult saß, öffnete das «Grab», fand die Botschaft, kommentierte sie oder ersetzte sie durch eine andere.
Natürlich kann niemand mehr Löcher in diese Pulte hier vor uns machen, die aus einem absolut unverwüstlichen Material, das auch dem schärfsten Taschenmesser Widerstand leistet, gefertigt sind. Also keine «Gräber» mehr für die Gymnasiasten des letzten Viertels dieses Jahrhunderts. Und, so scheint es, ein recht hartes Leben. Härter als das unsere war, so bin ich versucht zu glauben. Ein Leben, in dem die Noten, entgegen den Erwartungen, die man hätte haben können, eine ebenso große Rolle spielen wie früher und Druck und Zwang offenbar kein bißchen kleiner geworden sind, während überdies die Vorbereitung aufs Studium in dem demokratischen System, das man errichtet hat, schlechter zu sein scheint als früher unter den traditionellen Strukturen.
Während der ganzen Sitzung spricht man nur von Prüfungen, Noten, Durchschnitten. Gewisse Eltern verlangen überdies genauere und häufigere Berichte über die Erfolge ihrer Kinder. Sie beklagen sich darüber, daß es nur einmal pro Trimester Zeugnisse gibt.
Seltsam, niemand spricht vom Glück dieser Jungen und Mädchen. Vom Glück, das sie – ja warum denn nicht? – bei der Arbeit, beim Lernen empfinden könnten. Niemand – weder Lehrer noch Eltern – stellt offenbar den Lehrbetrieb irgendwie in Frage. Nur die Kinder sind

die Schuldigen. Schuldig, sich nicht zu integrieren, sich der Disziplin zu widersetzen, keinen Erfolg zu haben.
In den meisten Fällen nehmen die Eltern nicht Partei für ihre Kinder, das ist klar. Aber sie sind doch alle viel jünger als ich. Haben sie denn ihre eigene Jugendzeit vergessen? Haben sie schon so sehr resigniert, daß sie nicht einmal mehr auf die Verstümmelungen, die das Leben verursacht, reagieren können, wenn jene davon betroffen sind, die ihnen doch das Liebste sein sollten? Denn darum handelt es sich doch schließlich: es ist eine Art Mangel, durch die die Kinder gedreht werden sollen, gegen die sie sich wehren, so gut sie können, die aber natürlich am Ende die Oberhand haben wird.
Mai 68, Entdeckung der Freude, der Begeisterung, der Spontaneität, des «richtigen Lebens», das bis dahin unter den Hierarchien, Strukturen, Verboten fast erstickte; jene, die nicht die Macht hatten, ergriffen endlich das Wort – ist das nun, zehn Jahre später, nur noch eine Episode, ohne irgendwelchen Einfluß auf die Gegenwart? Wenn ich mich so umsehe, wenn ich sehe, was geschieht, in jeder Beziehung, so scheint mir, wir lebten wieder in einer Zeit der Repression, und sie hätte eben erst begonnen.
Vielleicht müßte ich jetzt die Schüler dieser «Problemklasse» verteidigen, aber das würde nur Gilliane schaden. Ich muß versuchen, ihr auf andere Weise die Freude am Leben zu vermitteln. Sie muß Lust bekommen, ins Theater, ins Konzert zu gehen, muß etwas

finden, für das sie sich begeistern kann – aber das ist schwer, denn ihre Fähigkeit, sich für etwas zu engagieren, ist schon sehr reduziert.
Früher spürten wir diesen Drang auch, der Gleichförmigkeit des Schulbetriebs etwas engegenzusetzen. Aber was wir uns zu diesem Zweck einfallen ließen, war sehr harmlos. Ein bißchen dumm, aber gefahrlos.
Gisèle und ich «machten» zum Beispiel jeden Samstag die «Rues basses». Auf dieser Hauptader im Stadtzentrum hatte man an diesem Tag zwischen 16 und 18 Uhr gute Chancen, all den Burschen zu begegnen, die wir vom Sehen kannten und die ebenfalls zwischen dem Bel-Air-Platz und der Longemalle mit der Absicht dahinschlenderten, die Mädchen zu sehen. Eine recht eintönige Beschäftigung, aber wir freuten uns tagelang darauf und redeten anschließend noch die ganze Woche davon. Würde der oder jener am Samstag dort sein, würde er uns ansehen oder so tun, als hätte er uns nicht bemerkt? Würde er die Rue Basse hin und zurück «machen», so daß wir ihm – o Seligkeit – zweimal begegnen könnten? Würde er vielleicht lächeln, so wie er es, Irrtum ausgeschlossen, vor drei Wochen getan hatte? Würde er uns gar grüßen? Diese Begegnungen lösten bei uns jedesmal fast unstillbare, verrückte Lachanfälle aus, die wir natürlich in Gegenwart des Gegenstands unseres Interesses zu unterdrücken suchten.
Wir waren sechzehn, siebzehn Jahre alt, lernten Latein und Mathematik und waren gute Schülerinnen. Was

heute so bedeutungslos und oberflächlich scheint, war für uns damals zweifellos eine der seltenen Möglichkeiten, uns auszudrücken.

4. November 1978

Gestern morgen auf der Autobahn. Der Nebel hängt tief, aber er dämpft die Farben des Herbstes nicht, die dieses Jahr so lange halten: im Gegenteil, er verleiht ihnen einen zarten Glanz, den ein allzu blauer Himmel löschen würde. Eine Symphonie in Gold und Grau, aus der im Vorüberfahren für wenige Minuten die Reihe meiner Freunde, der Pappeln, auftaucht, ein grüner Fleck im Wipfel und dieses Gespinst aus nackten Ästen, wie feine, mit Tusche gezeichnete Striche. Von France-Musique die Sonate in G-Moll von Chopin. Trotz des Kummers und der Spannung, in der ich in den letzten Wochen lebte – oder gerade deswegen –, überflutet mich auf einmal etwas: ein scharfes, schmerzhaftes Glücksgefühl, weil ich lebe. Ein Gefühl, das sich aus der Landschaft nährt, dem Himmel, dem Geschwindigkeitsrausch, der Musik, aus dieser ganzen inneren Welt, die ich mit mir trage und die mir in diesem Augenblick umfassend gegenwärtig ist – Erinnerungen, Gesichter, Empfindungen, Liebkosungen, Freuden, Leiden. Ich spüre, daß der Schleier zerrissen ist, der uns gewöhnlich den Blick auf die verborgene Natur der Dinge nimmt

und uns daran hindert zu fühlen, wie sich das Leben sanft in uns regt.
Während ich den unbeweglichen Nebel ansehe, der die ersten Ausläufer des Juras verbirgt, löst sich aus diesem Glück, ohne es zu trüben, eine Erinnerung, die stärker ist als alle andern. Die schwache Stimme von Gustave Roud: «Der, welcher Lampen und Sterne verschlingt, der hinterlistige Herrscher des Spätherbsts, der Nebel.» Eine Stimme. Ein Gedicht auch: ein Junge, mit dem ich liiert war, hatte es mir im November 1941 geschickt. «Ich glaube, schrieb er, Ihnen werden diese Zeilen eines jungen Waadtländer Dichters gefallen.» Ich kannte den Namen Gustave Roud nicht, ich besaß kein Werk von ihm, und ich verstand nicht viel von diesem Text. Aber das konnte ich unmöglich zugeben. Ich habe hochgestochene Adjektive gesucht, um ihn zu charakterisieren: schön, ergreifend, konzentriert, bedeutungsvoll... aus welchem falschen Stolz heraus? Oder aus welcher Furcht, mich so zu zeigen, wie ich war?
Ich geriet so auf eine recht gefährliche Bahn. Nun mußte ich die informierte Intellektuelle spielen, obschon meine Bildung voller großer Lücken war. Ich hatte meine Studien vor zwei Jahren beendet, und ich vergaß allmählich mein Latein und all die Daten der großen Schlachten der Geschichte, so daß ich das unangenehme Gefühl hatte, mein Kopf sei vollkommen leer – wahrscheinlich war das der Fluch eines Bildungssystems, das einen damals dazu zwang, Wissen zu speichern, statt daß es einen

lehrte, selbständig zu denken, sich Fragen zu stellen. Ich hatte absolut keine Meinung, und wenn ich mir, wenn ich allein war, im Hinblick auf das Zusammentreffen mit diesem Jungen, dessen Intelligenz mich erschreckte, irgendeine zusammensuchte, war es mir dann in seiner Gegenwart ganz einfach unmöglich, mich daran zu erinnern oder davon zu sprechen. Meine eigene Welt hätte ich gerne mit ihm geteilt, aber ich wußte nicht, wie ich davon erzählen sollte.

Eine andere Entdeckung: das Unglück, eine Frau zu sein. Mein Freund verehrte Montherlant. «Les jeunes filles» und die anderen Bände dieser Reihe waren eben erschienen. Darin spiegelte sich eine Frauenfeindlichkeit, die uns heute überholt scheint, die mich aber damals ganz leicht von meiner Minderwertigkeit überzeugte. Für Montherlant und seinen widerlichen Verführer bedeutete eine Frau zu sein ein Fluch, vor dem es keine Rettung gab; versuchte man, mittels Intelligenz zu entrinnen, so wurde man zu einem grotesken Blaustrumpf wie Andrée Hacquebaut, die der Autor dann auch gründlich lächerlich machte; begnügte man sich damit, feminin und verliebt zu sein, so glich man Solange Dandillot, diesem kleinen Huhn. Alle Wege waren versperrt. Keine Aussicht darauf, an dieser Welt der Kameradschaft, der Reinheit, des Heldentums, der Größe, die Montherlant so ausführlich zeichnete, teilzuhaben. Daß mein Freund diese Bücher verehrte, daß er für solche Gedanken empfänglich war, schien mir vernichtend. Das ließ mich noch mehr als gewöhnlich an mir selbst zweifeln, und ich zeigte, ohne es zu wollen, ein Verhalten, das unsere Trennung beschleunigen mußte.

Doch an das Jahr, in dem wir uns begegnet sind und uns so viele Briefe geschrieben haben, bewahre ich Erinnerungen, an die ich an Novembertagen wie diesem denken muß. Denn wir sind im Winter 1941/42 sehr viel im Waadtland zusammen gewandert. Er hielt in der Tasche seines Militärmantels meine Hand in der seinen. Wir hatten nur Zufallsunterkünfte – Dorfwirtschaften, schlecht geheizte Herbergen, Wartesäle in kleinen Bahnhöfen –, und die Feindseligkeit dieser vom Krieg, von der Kälte eingekreisten Landschaft machte die Wärme, die wir uns gegenseitig gaben, die Zärtlichkeit zwischen uns trotz aller Mißverständnisse besonders kostbar.

Diese entschwundenen Spaziergänge waren heute morgen auf der Autobahn zusammen mit Chopin, mit Gustave Roud, der Landschaft und der Geschwindigkeit ein Teil dieser «Minute des Glücks», die die Dauer einer Sonate hatte und jetzt, während ich meinen Wagen genau in dem Moment, da der letzte Akkord erklingt, vor dem Motel anhalte, ihr Ende findet.

Draußen ist es kalt. Mir fällt ein, daß ich letzte Nacht fast nicht geschlafen habe, daß ich Kopfschmerzen habe und ein schwerer Tag in Lausanne vor mir liegt.

Auch das Glück von vorhin ist nun eine Erinnerung.

5. November 1978

Ich bin heute morgen in Hermance spazierengegangen. Die Sonntagszeitungen meldeten eine Rückkehr zur Gewalt in Teheran, und ich trug meine Sorgen um die Gesundheit meiner Mutter und um Gillianes schulische Zukunft mit mir herum.
All das wurde dann in wenigen Sekunden weggewischt, weil ich an den Text dachte, den ich gestern nachmittag geschrieben habe und den ich nun Satz für Satz wieder in meinem Kopf vor mir sehe. Ich bin nicht zufrieden mit meiner Beschreibung des herbstlichen Laubes vor dem grauen Himmel: Das hat nichts gemein mit dem, was ich jetzt dem Quai d'Hermance entlang vor mir sehe und was man unbedingt so wiedergeben müßte: diese verschiedenen Schattierungen von Grau, an gewissen Stellen fast weiß und dann wieder dunkler, in Schwarz übergehend, eine Skala von einzigartiger Feinheit, die das Gold der Blätter hervorhebt, die eben im Begriff sind, sich zu lösen – im nächsten Augenblick, in ein paar Tagen –, um auf der Erde zu sterben. Wie finde ich die Wörter, wie füge ich sie zusammen? Und weshalb ist das so wichtig? Ausdrücken, nichts verlorengehen lassen.
Womit hängt dieses Bemühen, um jeden Preis zu «sagen», zusammen, da du doch so lange geschwiegen hast? Wie erklären, daß das für dich wieder eine solche Bedeutung gewonnen hat, bis zu dem Punkt, daß du wäh-

rend des ganzen Spaziergangs in Hermance, auf dem Quai, in den kleinen Straßen (du hättest Mühe zu sagen, wo du durchgegangen bist) alles vergessen hast, weil du, gequält, aber auch irgendwie glücklich, nur damit beschäftigt warst, Wörter zu suchen, sie zusammenzufügen, im Bemühen, Leben damit zu fassen.

8. November 1978

Dieses Paar: Laura und ihr Mann; er war bei der Geburt ihrer Tochter vor zwei Wochen dabei, er hat die Nabelschnur durchschnitten – eine symbolische Handlung von solcher Bedeutung, daß ich es gut finde, daß ein Mann, der Gatte, der Vater das macht. Jetzt wickelt er das Kind genauso geschickt wie sie und freut sich darauf, ihm die Flasche geben zu können, sobald es abgestillt ist.
Ich stelle mir dieses winzige Mädchen in den Armen des Vaters vor, der es nährt, dieses kleine Mädchen, das Sicherheit in väterlicher Wärme findet, nicht nur in mütterlicher.
Das hat bis jetzt den Kindern gefehlt: die Gegenwart eines Vaters, der nicht nur tadelt und straft, sondern auch zärtlich, körperlich zärtlich zu sein wagt.
Man muß die Liebe, die Ehe, die Familie neu erfinden. Laura und ihr Mann, andere junge Paare haben schon damit begonnen. Habe ich denn unrecht, wenn ich

glaube, daß durch eine tiefgreifende Veränderung in den Beziehungen zwischen den Menschen die Welt sich weiterentwickeln, besser, brüderlicher werden könnte?

9. November 1978

Wie ein Echo auf das, was ich gestern geschrieben habe, vorhin diese Reportage in «Temps Présent» über Männer, die sich entschieden haben, teilweise zu Hause zu bleiben und sich selbst um ihre Kinder zu kümmern.
Warum hat mich dieses Bild des vierundvierzigjährigen Mannes, der mit außergewöhnlicher Zartheit seinem sechsmonatigen Baby die Flasche gibt, zu Tränen gerührt?
Ich hätte Mühe, das zu erklären: Ist es nur – abgesehen von jeder persönlichen Erfahrung – das überwältigend Ungewohnte an diesem Bild, da wir ja seit Jahrhunderten übersättigt sind vom Anblick süßlicher Madonnen, die ihr Kind in den Armen wiegen? Oder berührt mich das, weil ich, in einem Alter, da man sozusagen noch ganz unbewußt lebt, stärker als ich wissen kann darunter gelitten habe, daß ich so wenig zärtlichen Kontakt zu meinem Vater hatte und diese Zärtlichkeit sich ausschließlich auf meine Mutter konzentrieren mußte? Oder könnte es sein, daß ich tief in mir drin, ohne es zu formulieren, dachte, ich hätte mit einem Mann, der zu einer solchen Haltung fähig ist, erst richtig zusammenleben können?

Gilliane arbeitete während dieser Sendung in ihrem Zimmer, und als ich ihr von der Reportage erzähle, sagt sie: «Also ich finde, es ist die Aufgabe der Frau, die Kinder zu betreuen.» Und sie fügt hinzu: «Ich jedenfalls werde zu Hause bleiben, ich weiß nicht, wozu ich überhaupt aufs Gymnasium gehen soll.» Sie neckt mich natürlich, und wir müssen beide lachen.
Aber ich frage mich doch, ob nicht ein kleines bißchen Wahrheit in dem steckt, was sie sagt. Während wir es damals oft recht schwierig fanden, Mütter zu haben, die sich ausschließlich mit uns befaßten, könnte es doch sein, daß die Töchter von heute, verletzlicher und sensibler als es den Anschein hat, darunter leiden, daß wir außer ihnen noch ein anderes Leben, ein Leben ohne sie führen, und daß wir uns wohl fühlen dabei?
Diese unmögliche, unentwirrbare Bindung an die Mutter. Der Knoten, in dem all unsere Probleme, unsere Phantasien ineinander verschlungen sind. Erinnerung, am Grund unseres Unterbewußtseins, an den paradiesischen Zustand vor der Trennung, vor dem unerträglichen Schmerz des Weggerissenwerdens.

14. November 1978

Ich bin heute morgen über die Brücke bei der medizinischen Fakultät gegangen. Von einer kaum verhüllten Sonne angestrahlt, blinkte der Fernsehturm wunderbar.

Die Arve verlor sich beim Ausfluß im Nebel, in einem unbestimmten und verkehrten Abbild der braunroten Bäume. Eine Schar weiß-grau gefärbter Möwen mit ihren schwarzen V-förmigen Schwänzen trieb verstreut auf dem fast unbeweglichen grünen Wasser und fing das Licht.

In diesem Augenblick sterben 2500 vietnamesische Flüchtlinge auf einer alten seeuntüchtigen Barke, die sie mit ihren Ersparnissen von betrügerischen Reedern gemietet haben, vor der Küste von Malaysia an Hunger und Krankheiten, weil die Nachbarländer, die ganze Welt der Lebenden ihnen die Aufnahme verweigern.

Gilliane kommt von meiner Mutter zurück und bringt alte Postkarten mit, die vom Anfang des Jahrhunderts stammen und zum größten Teil von meinem Großvater aus Wien geschrieben worden sind. (Diejenigen aus Österreich tragen Briefmarken mit dem Porträt des Kaisers Franz-Joseph.) Dazu ein paar Fotos und unter ihnen die eines kleinen Mädchens von sieben oder acht Jahren: ich selbst.

Eine häßliche Baskenmütze, zu tief in die Stirn gezogen, zwei oder drei Haarsträhnen, die zufällig darunter hervorkommen, und dieser legendäre großkarierte Mantel mit dem kleinen Pelzkragen, an den ich mich so gut erinnern kann. Verleihen mir diese Kleider, die Baskenmütze und der Mantel jenen vollkommen abwesenden

Ausdruck – ausdruckslose Augen, nicht einmal in einer Träumerei gefangen, erloschene Augen, und ein kleines, rundes Gesicht, das nichts verrät: Da ist höchstens der Mund, von dem man vielleicht einen gewissen Lebenshunger ablesen könnte, ein wenig Sinnlichkeit. Ein verwischtes Gesicht wie von jemandem, der sich bemüht, nicht vorhanden zu sein. Ich habe Gilliane um ein Foto von sich ungefähr im selben Alter gebeten. Das Format ist fast gleich, die Technik hat sich kaum geändert: die beiden Bilder sind vergleichbar, und das ist sehr aufschlußreich. In Gillianes Gesicht findet sich dieser selbstsichere Blick, der wie provozierend zusammengepreßte Mund, dieses Ja zu einer kleinen Persönlichkeit, welche es schon wagt, sich allem zu widersetzen, was sie stören könnte. Zwischen jener Unbestimmtheit und dieser Entschlossenheit, zwischen diesen zwei Fotos, diesen zwei Gesichtern liegen ungefähr vierzig Jahre...

Interessant ist aber, daß das kleine Mädchen von 1927 oder 1928 gar nicht so sanft war, wie es sein nichtssagender Gesichtsausdruck vermuten ließe. Ich glaube, das war ungefähr die Zeit, da es mir ausgesprochen Freude machte, eine junge Magd zu quälen, die soeben aus ihrem Dorf im Waadtland zu uns gekommen war und, wie ich mich erinnere, Yvonne hieß. Obschon ich sonst Gesichter schnell vergesse, so sehe ich doch das von Yvonne noch ganz genau vor mir, vielleicht, weil man die Gesichter seiner Opfer nicht vergißt. Es war ein kantiges, gerötetes Gesicht, mit einer langen Nase,

ein Gesicht ohne Anmut, ohne Schönheit. War es, weil sie so häßlich war, daß ich Yvonne zur Zielscheibe erkor? Vielleicht, doch vor allem spürte ich, wie schwach, wie wehrlos sie war, immer dazu bereit, in Tränen auszubrechen. Nichts einfacher als sie zu quälen, ihr die Tränen zu entlocken, die mich vielleicht an jene meiner Mutter erinnerten, an die Entdeckung, daß ich Macht über sie besaß. Was es auch war, jedenfalls sehe ich mich wieder, wie ich im Badezimmer unserer Wohnung an der Avenue Peschier mit aller Kraft mit dem Rücken meiner Haarbürste auf die unglückliche Yvonne losschlage (probieren Sie das mal aus, es tut schrecklich weh). Sie versuchte meine Schläge abzuwehren, sie weinte, und je mehr sie weinte, desto härter schlug ich zu in einer Art Rausch, der vergleichbar mit dem eines Henkers in Auschwitz oder anderswo sein muß.
Ein so sanftes, so unscheinbares kleines Mädchen in seinem häßlichen Mantel und seiner Baskenmütze. Ein kleines Mädchen von sieben, acht Jahren, das niemand hassen gelehrt hatte.

25. November 1978

Heute morgen ging ich zusammen mit meiner Mutter die Villa ansehen, in der wir, kurz nach meiner Geburt, drei Jahre lang gelebt haben, also als sie zweiundzwanzig, dreiundzwanzig Jahre alt war. Sie liegt außerhalb der Stadt am rechten Seeufer in einem Vorort, in dem wir seit ich weiß nicht wie vielen Jahren nie mehr gewesen sind. Ich war überzeugt, daß wir anstelle von «La florentine» irgendeine riesige Betonkaserne vorfinden würden, und malte mir schon zum voraus unsere Enttäuschung aus.

Doch – o Wunder, die Villa steht immer noch unversehrt da, Nr. 1 des Chemin des Voirons, der sich auch nicht verändert hat und jetzt nach mehr als fünfzig Jahren immer noch von denselben Gärten, denselben Häuschen gesäumt wird. «La florentine» sieht noch genau so aus, wie ich sie in Erinnerung habe und wie auf den paar schon verblaßten Fotos: ein Haus ohne Anmut, vom Anfang dieses Jahrhunderts, zu hoch, mit einem geneigten Dach, schmalen Fenstern und Mauern von häßlicher, weißlicher Farbe. Aber auch mit jener offenen Veranda, die auf den Garten und seine Bäume hinausführte, zur Wiese, zu der kleinen gekiesten Terrasse.

Ich betrachte diese Villa, während meine Mutter sich auf ihren Stock stützt und vielleicht die junge Frau wieder vor sich sieht, die damals schon nicht mehr so glücklich war und nun hierhergezogen in diesen verlorenen Winkel, ihrem kleinen Mädchen zuliebe, das, so meinte jedenfalls die winzige russische Frau Doktor, frische Landluft nötig hatte. Zusammen mit diesem Ehemann, ebenfalls jung – kaum älter als dreißig –, der sich dem neuen Leben anzupassen und jetzt, da er die Zahnarzt-

praxis am Boulevard des Philosophes übernommen hatte, wo er meinen zu früh abgetretenen Großvater ersetzte, seiner neuen Verantwortung gerecht zu werden suchte.
Und ich krame in den Erinnerungen, die ich von diesem Haus noch habe. Wenn es stimmt, daß die ersten vier Jahre für ein Kind die entscheidenden sind, so hat mein Leben zwischen diesen Mauern, deren Farbe heute abblättert, seine Form erhalten. Vor allem in diesem Garten, denn an den Garten erinnere ich mich am besten. Am späten Nachmittag, da der Schatten schon die Baumwipfel zu überfluten beginnt, spielt da ein kleines Mädchen mit der Erde. Sie hat ein Loch gegraben und füllt es mit ihrem Spritzkännchen mit Wasser: das Wasser versickert in der Erde, verschwindet. Das Kind beginnt von neuem. Der Schatten ist dunkler geworden, die Einsamkeit wandelt sich sanft in Trauer. Das Spritzkännchen ist voll, aber wieder hält die Erde das Wasser nicht. Wohin entschwindet es denn? Warum bleibt es nicht in diesem sorgfältig gegrabenen Loch? Mir scheint, ich hätte dieses Spiel lange und oft gespielt. So als hätte schon dieses kleine Mädchen eine Vorliebe fürs Scheitern und für die Angst vor dem Scheitern gehabt, als hätte es den bittersüßen Geschmack der Machtlosigkeit und der Verlassenheit geliebt.
Aber da ist auch dieser fröhliche Sommertag, mit dem Duft nach wilden Johannisbeeren (gibt es diesen Johannisbeerstrauch noch? Ich habe ihn unter den november-

kahlen Bäumen nicht gefunden), mit dem Geruch von Gras auf der Wiese, dieselbe Wiese, die jetzt an diesem Morgen kurzgeschnitten, gelb geworden vor mir liegt. Ich erinnere mich: Ich bewege mich auf allen vieren zwischen dem Gras herum, das so hoch ist wie ein Urwald, bahne mir einen Weg, der sich hinter mir wieder schließt, und pflücke die Blumen, die ich finde. Im Gegensatz zu den Ängsten abends jetzt die Entdeckung der Lebenslust, der Freude am Atemholen, an Berührungen. Wahrscheinlich hat mein Leben immer zwischen diesen beiden Polen hin und her pulsiert, zwischen dem Sog der Traurigkeit und der sinnlichen Freude am Gefühl, lebendig zu sein.

Ich erinnere mich an fast nichts im Innern des Hauses. Weder ans Eßzimmer noch an den Salon oder die Küche. Im Zimmer meiner Eltern, das neben dem meinen lag, sehe ich nur einen großen Schrank, den ich öffnete, wenn meine Mutter in die Stadt gegangen oder mit meinem Vater im Wagen fortgefahren war, um an ihren Kleidern ihren Duft wiederzufinden. Habe ich das oft oder nur einmal getan? Ich weiß es nicht. Aber ich erinnere mich an diesen lauen, beruhigenden Duft, in dem ich mein Gesicht barg und dabei an jene dachte, die so jung, so schön, so zärtlich geliebt wurde und die mich allein gelassen hatte.

Mein eigenes Zimmer sehe ich auch nicht viel genauer. Da ist das sehr ferne, wie am Grund eines Traums verlorene Bild des ganz winzigen Mädchens, das sich an die

Sprossen seines Gitterbettchens klammert und in der Finsternis nach jemandem ruft, der nicht kommen wird – davon habe ich schon im ersten Teil dieses Buches erzählt. Da ist die Begebenheit mit den Tränen von Maman, die ich erstaunt plötzlich warm an meinen Fingern fühle. Und da ist, ganz klar, auch der Morgen, an dem mein Vater in mein Zimmer tritt, obschon das üblicherweise immer meine Mutter tut, um mich zu wecken. Ich erinnere mich sehr gut an unser Gespräch. Ich habe gesagt:

Heute ist Mittwoch, gehen wir zu Tante Maud?

Und er hat geantwortet:

Nein, heute nicht, weil Großmama gestorben ist.

Ich erinnere mich auch, daß ich nichts gefühlt habe. Ich wußte nicht, was das war, der Tod, und meine Großmutter mütterlicherseits, die so oft krank und abwesend war, kannte ich kaum. Dann ist da eine Lücke in der Erinnerung, und ich sehe mich wieder am Tag der Beerdigung, als alle fortgegangen waren und ich allein mit der Magd zu Hause blieb, ich sehe mich schluchzen, ohne daß ich weiß warum und ohne meine Verzweiflung bewußt mit dem Tod meiner Großmutter in Verbindung zu bringen.

Einen ganzen Nachmittag lang habe ich Tränen geweint, die reifer waren als ich selbst, so als hätte jemand in mir gewußt, was Tod bedeutet, und hätte begriffen, daß jedes Leben eines Tages zu Ende geht, daß jedes Leben immer am Entschwinden ist wie das Wasser am

Grund der kleinen Grube im Garten. Und dieser Jemand war untröstlich, weinte im voraus über all die Tode, die noch kommen sollten.

Wir gehen jetzt dem Zaun entlang, der den Garten umschließt. Meine Mutter geht mutig voran. Vielleicht ist diese Pilgerfahrt eine Qual für sie. Wie lebte sie wohl zu jener Zeit mit meinem Vater zusammen? Von ihm weiß ich, daß er sie liebte, ohne es richtig zeigen zu können. Sie liebte ihn wahrscheinlich weniger. Darin hatte wohl ein Teil des Unglücks seine Ursache. Liebten sie sich physisch? Haben sie sich gut verstanden? Auch heute noch wage ich nicht, sie danach zu fragen. Obschon ich nur deshalb hier stehe, auf diesem Weg, in diesem Monat November, weil sie an einem bestimmten Tag, in einer bestimmten Nacht jene Gesten gemacht haben, die ich noch jetzt vor mir selbst unter einem Schleier des Schweigens und der Scham verberge.

Wir gehen zum Wagen zurück. Sie setzt sich hinein. Ich bin irgendwie enttäuscht: mir scheint, daß mir dieses Haus sein Geheimnis nicht ganz enthüllt hat, daß da irgend etwas anderes noch zu finden wäre, aber was genau, das weiß ich nicht. Ich hätte zum Beispiel gerne meinen Vater deutlicher gesehen, ein Bild von ihm wiederentdeckt, das ich nicht gekannt habe. Aber außer an diesen Morgen, an dem meine Großmutter starb, erinnere ich mich nur noch an eine unbedeutende Episode mit ihm: nämlich daß er eines Tages, weshalb weiß ich nicht mehr, eine Leiter an eine der Hausmauern anstellte – an diese hier, siehst du, sage ich zu meiner Mutter – und durchs Fenster ins Haus einstieg. Erinnerst du dich nicht? Nein, sagt sie, überhaupt nicht.

Warum finde ich diese nichtssagende Erinnerung in mir, während so viele andere im dunkeln liegen? Verwischt unser Gedächtnis das, was wirklich zählte, um nur Anekdoten zu speichern?

Ach ja, diese Furcht vor dem Körper, der physischen Gegenwart der eigenen Eltern. Ich liebte meine Mutter doch so sehr, aber sehr bald habe ich nicht mehr ertragen, daß sie mich berührte. Was meinen Vater betrifft, so kann ich mich gar nicht an irgendwelchen körperlichen Kontakt mit ihm erinnern. Der Geruch seiner Bartseife im Hotelzimmer in den Bergen, das ist die einzige sinnliche Erinnerung an ihn.
Wovor hatten wir denn, wir alle, solche Angst? Welche falsche Scham hat uns dazu gezwungen, jene, die wir liebten, körperlos zu machen, damit wir sie respektieren konnten? Ein falsch verstandenes Christentum hat uns verstümmelt, indem es Körper und Seele zu Gegensätzen erklärte, diesen der Verachtung preisgab und nur jene unserer Sorgfalt für würdig hielt.
All diese gebrochenen, gekrümmten, gelähmten Greise bezahlen vielleicht jetzt dafür, daß sie ihr ganzes Leben lang ihren Körper nicht lieben konnten.
Im Februar 1975 habe ich über diese stillen Augenblicke

körperlicher Harmonie zwischen Gilliane und mir geschrieben, als ich ihr Haar liebkoste, während ich es mit dem Fön trocknete. Diese Momente gibt es heute nicht mehr. Sowenig wie die gemeinsamen Bäder, als sie ganz klein war und wir es genossen, uns gegenseitig mit Schaum einzureiben. Sie hat die Verantwortung für ihren Körper übernommen, und das ist normal. Unsere Beziehung ist anders geworden. Morgens kommt sie nie mehr in mein Bett, um sich an mich zu schmiegen, wie sie das früher oft getan hat. Aber manchmal wirft sie sich doch noch ganz plötzlich in meine Arme, und ich genieße dann den Duft ihrer Haut, ich mag es, ihre kleinen jungen Brüste an den meinen zu spüren.

Ich mag es auch, daß sie in diesem «unmöglichen» Alter, da man früher meist nicht wußte, wohin mit seinen Armen und Beinen, so sehr im Einklang mit ihrem Körper zu sein scheint, so wohl und so erstaunlich frei, wenn sie zu einer dieser «Disco»-Melodien tanzt, nach denen sie gegenwärtig so verrückt sind, «weil man sich von der Musik forttragen lassen kann und uns das befreit».

Werden diese Jugendlichen, die mit ihrem Körper im Einklang sind, mit der körperlichen Liebe anders zurechtkommen als wir, harmonischer? Werden sie deshalb zu mehr Spontaneität, zu mehr Wärme in ihren Beziehungen zu den andern fähig sein?

Werden die Schranken der Konvention, der Angst endlich fallen?

An einem Sommertag liegt ein Lastwagen auf einer kleinen Straße im Kanton Waadt rauchend, umgestürzt im Graben. Der Chauffeur, ein Spanier, rotiert wie ein Verrückter und sagt immer wieder: «Warum tust du mir das an?» zu dem Typ, der ihm den Weg abgeschnitten und ihn so zu dem verhängnisvollen Schwenker gezwungen hat. Dieser Satz, dieses sinnlose Hin- und Herrennen verrät seine abgrundtiefe Verzweiflung: er war stolz auf seinen Lastwagen, stolz auf die Verantwortung, die man ihm übertragen hat. Jetzt glaubt er, versagt zu haben, fürchtet vielleicht, entlassen zu werden und die Schweiz verlassen zu müssen. In seiner ganzen Haltung zeigt sich so viel Verwirrung und eine solche Einsamkeit, daß ich mich verpflichtet fühle, einzugreifen und ihn zu trösten. Als er ganz nah an mir vorbeikommt, als er noch immer auf der Straße hin- und herrennt, strecke ich die Hand aus und lege sie ihm auf die Schulter. Der Spanier trägt Shorts, es ist heiß, seine Schultern sind nackt. Ich habe meine Hand auf die nackte Schulter dieses Fremden gelegt. Er steht sofort still, mir gegenüber, er sieht mich an: An seinem Blick sehe ich, daß ihm diese Geste vollkommen unpassend, unanständig, ja sogar schockierend vorkommt, belastet von all dem, was in Spanien seit tausend Jahren einen Mann und eine Frau voneinander trennt und sie daran hindert, ganz einfach menschliche Wesen zu sein, die sich bemühen, einander zu helfen.

Ich ziehe meine Hand zurück und möchte mich entschuldigen.

26. November 1978

Vorgestern hat man am Fernsehen von Camus gesprochen, von dem Einfluß, den er gehabt hat, von dem Interesse, das ihm die späteren Generationen entgegenbringen. Von ihm ist mir ein Satz im Gedächtnis geblieben, der wahrscheinlich nicht veröffentlicht worden ist, denn ich habe ihn in einem Entwurf zu einem Fotobuch gelesen.
Camus schrieb unter das Bild eines provenzalischen Bauernhauses: «Hier lebt ein freier Mann; niemand bedient ihn.»
Eine Gesellschaft, in der die Beziehungen nicht mehr von Zwang und Gewalt bestimmt werden, in der niemand von jemand anderem abhängig ist.
Wird man das eines Tages verwirklichen können?

2. Dezember 1978

Ein Mietshaus mit Allüren, darin unterscheidet es sich von allen anderen Mietshäusern des Boulevards. Ziemlich komplizierte steinerne Friese stützen die Balkone mit den schmiedeisernen Balustraden. Im obersten Stock vier kleine Türme mit je einem Zierdach gekrönt und, an der Ecke zur Rue Imbert-Galloix, eine Art Überbau in Form einer Burg.
Über der Eingangstüre grinst ein Faun, ebenfalls in

Stein gemeißelt. «La florentine» spielte nur eine kleine Rolle in unserem Leben. Hier, am Boulevard des Philosophes Nr. 17 hat alles begonnen, und hier hat alles seinen Lauf genommen.

Meine Mutter wurde in einer der Wohnungen im dritten Stock zwei Monate nach Beginn des Jahrhunderts geboren. Ein altes Foto zeigt sie als ganz kleines Mädchen auf einem der Balkone: auf dem, den ich jetzt ansehe und wo heute nie mehr jemand sitzt, weil der Verkehr nie mehr abreißt. Sie hält eine Puppe in den Armen, und sie blickt den Fotografen mit einem Ausdruck von Erwartung an, die Augen zu ihm emporgerichtet, lächelt sie. Sie trägt ein weißes Spitzenkleid und eine Schleife im Haar. Ihre linke Hand, diejenige, in der sie nicht die Puppe hält, macht eine seltsame Bewegung: so als müßte sie sich wehren, obschon doch die Augen, das Lächeln vertrauensvoll wirken. Es ist ein sehr schönes kleines Mädchen. Sie ist vier, vielleicht auch fünf. Schon in zehn Jahren – das scheint unglaublich – wird sie dem begegnen, der sie in sein Unglück mit hineinziehen wird. Jetzt ist sie noch ein sehr glückliches kleines Mädchen; gewiß, ihre Mutter ist oft krank, aber sie verehrt den Vater, der vor nicht sehr langer Zeit im ersten Stock desselben Hauses eine Zahnarztpraxis eröffnet hat.

Vor ein paar Tagen habe ich unter alten Papieren das Zahnarztdiplom – «médecin-chirurgien-dentiste» – meines Großvaters gefunden: es stammt aus dem Jahr 1897.

Und ich denke an die Entscheidung, in Genf Zahnmedizin zu studieren, die er eines Tages in Wien getroffen hat. Vielleicht hat er gezögert, hat sich erkundigt, erst unter den Städten, in denen man Deutsch spricht, gesucht. Und dann wählt er schließlich Genf. Aber er wird, sobald er das Studium beendet hat, nach Wien zurückkehren (das ist so ausgemacht) und die Praxis seines Vaters, der ebenfalls Zahnarzt ist, übernehmen. Ich stelle mir vor, wie er abreist, die lange Reise, die Ankunft in Genf. Österreich-Ungarisch. Ein Fremder. Er findet die Stadt kalt, abweisend, und er wird sie nie lieben können.

Ich möchte diesen griechischen Ball, an dem er meine Großmutter kennenlernt, rekonstruieren: sie ist zart, zerbrechlich, schon kränklich. Er ist sehr attraktiv: funkelnde Augen, schwarzes gelocktes Haar, ein Schnurrbart mit hochgezwirbelten Spitzen. Ich stelle mir vor, daß er französisch mit charmantem Akzent spricht und daß er ausgezeichnet Walzer tanzt. Die Liebe: Am Ursprung unseres Lebens ist da immer Verliebtheit, Herzklopfen, ein erster Kuß, ein Augenblick, da Hände sich zum erstenmal berühren, da Körper sich erregen. Am Ursprung all unseres Glücks und unseres Unglücks, gegen alle Vernunft, gegen die ausgeklügeltsten Pläne: Er wird nie mehr in Wien, in seiner so geliebten Stadt leben, mein Großvater, nur noch für kurze Aufenthalte wird er dahin zurückkehren. Weil er zufällig an einem Ball dieses kleine Mädchen getroffen

hat, wird er viel zu früh, mit knapp fünfzig Jahren – vielleicht an Heimweh – in Genf sterben.
Und ich denke an eine andere Abreise, ungefähr zwanzig Jahre später: Mein Vater wählt in seinem Dorf Luchsingen, im Kanton Glarus, ebenfalls Genf, um hier Tierarzt zu studieren. Auch er in der Absicht, später nach Hause zurückzukehren. Warum wieder Genf? Weshalb nicht Zürich, oder Basel, oder Lausanne? Für ihn ist die Umstellung noch viel größer: er wechselt nicht nur die Sprache, sondern er zieht auch von einem kleinen Dorf in die Stadt, aus dem bäuerlichen Milieu ins gutbürgerliche. Er weiß nicht, er kann nicht wissen, daß er sich davon nie erholen wird.
In Genf gibt er seinen Plan, Tierarzt zu werden, auf und will nun Medizin studieren. Er wird in seinem Heimattal als Arzt arbeiten. Und dann kommt jener Abend in der Brasserie du Crocodile, genau wie dieser griechische Ball Ende des Jahrhunderts stattgefunden hat. Freunde stellen den Wiener Zahnarzt, der von seiner Tochter begleitet wird, und den Deutschschweizer Studenten einander vor. Sofort verliebt sich mein Vater in dieses kleine Mädchen von fünfzehn, das schon so erwachsen aussieht; seine Aufmerksamkeit schmeichelt ihr, verwirrt sie vielleicht.
Und wieder diese Verknüpfungen. Die Liebe kümmert sich keinen Deut um sorgfältig ausgeheckte, schon festgelegte Lebenspläne. Auf den Rat meines Großvaters hin, der sehr schnell zu einem Freund geworden ist, än-

dert mein Vater noch einmal die Richtung und entschließt sich, auch Zahnarzt zu werden. Aber noch immer in der Absicht, später, wenn er sein Diplom in der Tasche haben wird, in die deutsche Schweiz zurückzukehren.

Der frühe Tod meines Großvaters stellt noch einmal alles auf den Kopf. Die Heirat, von der erst vage die Rede war (aber noch nichts entschieden war), fand in der Verwirrung, die diesem plötzlichen Verschwinden folgte, sehr schnell statt. Und mein Vater installiert sich nun seinerseits in der Praxis am Boulevard des Philosophes.

Er hat soeben seine Studien mit glänzenden Resultaten beendet, die Kundschaft ist schon vorhanden: alles beginnt scheinbar sehr gut. Und doch im Schatten des Todes und des Exils.

Ich betrachte dieses Haus an diesem Novembermorgen im Jahre 1978: genau sechzig Jahre nach dem Tode meines Großvaters und den Anfängen meines Vaters. Die Räume sind erleuchtet, immer noch dasselbe bläulichgrüne Licht. Der neue Zahnarzt ist da, arbeitet in diesem großen Raum, den ich mit solcher Scheu betrat, als ich klein war, und doch voller Stolz, daß dieser beeindruckende Herr im weißen Kittel mein Vater war. Ich betrachte die Tür mit dem grinsenden Faun darüber (ich möchte gerne wissen, was er bedeuten soll und weshalb er so grinst), und ich stelle mir meinen Wiener Großvater vor, wie er aus dem Haus kommt, mit

schnellen Schritten den Boulevard hinuntergeht, um das Tram zu nehmen, das ihn zu der Villa in Grange-Canal bringen wird, wo er jetzt wohnt, seit er aus der Wohnung im dritten Stock ausgezogen ist. Ich sehe auch meinen Vater dieselbe Türe öffnen, ebenfalls den Boulevard hinuntergehen und (o Zufall) dasselbe Tram nehmen. Und ich denke an den Tag im April 1918 und an jenen im November 1964, an denen der eine wie der andere, sechsundvierzig Jahre liegen dazwischen, zum letztenmal diese Treppe hinunter- und unter dem Faun hindurchgegangen ist (in der Praxis im ersten Stock das Licht gelöscht, die Instrumente desinfiziert, der Stuhl, der Bohrer). Der eine wie der andere sind sie ein letztes Mal dem Boulevard entlanggegangen zu ihrer Begegnung mit dem Tod.
Seltsames Schicksal dieser zwei Männer, die beide von so weit herkamen, sich hier begegneten, hier auf diesem grauen Boulevard ihre Schritte, ihr Leben miteinander vermischten. Beide im Exil und beide eine einzige Tochter hinterlassend.

7. Dezember 1978

Ich habe ihr heute morgen vorgelesen, was ich vor einigen Tagen über das Haus am Boulevard des Philosophes und über diese Geschichte geschrieben habe, die die ihre gewesen ist, bevor sie die meine wurde. Wir haben über ihren und über meinen Vater gesprochen, über das, was ich in bezug auf ihr Exil gesagt habe und über die bestürzende Ähnlichkeit ihrer Schicksale. Gemeinsam haben wir nach der Ursache dessen gesucht, was unser beider Leben verdorben hat: Wie war es nur möglich, daß mein Vater, nachdem er in einer Parforceleistung in wenigen Jahren ein ganzes Schulprogramm nachgeholt, die Matura bestanden und daraufhin ohne Schwierigkeiten das Diplom als Zahnarzt bekommen hatte, es fertigbrachte, seinen Erfolg zu sabotieren? Ich versuche zu erklären, daß er zweifellos, weil er seine Herkunft verleugnete (wie haßte er das Dorf Luchsingen, oder glaubte wenigstens, es zu hassen), gewissermaßen seine Identität verloren hatte. Er gehörte nirgends mehr hin, wie so viele Ausländer heute, die in der Schweiz nicht richtig integriert sind, aber auch nicht mehr in Calabrien, in Sizilien oder in Spanien leben können. Er hat gewußt, was es heißt, entwurzelt zu werden, wenn auch innerhalb des eigenen Landes; er hat die Einsamkeit gekannt, mitten in seiner Familie, in seiner Schweigsamkeit abgekapselt hat er vielleicht doch Hilferufe hören lassen, die wir nicht vernommen haben. Es ist schmerzlich, sich vorzustellen, wie er in den Kneipen, unter Fremden nach der menschlichen Wärme gesucht hat, die er zweifellos bei uns nicht gefunden hat. Wir waren beide, meine Mutter und ich, Gefangene dieser zugeknöpften, heuchlerischen und selbstgerechten Gesellschaft, der wir angehörten, ob wir nun wollten oder nicht, und die uns zum Streben nach Rechtschaffenheit, materiellem Erfolg und Konformismus verurteilte. War der Alkohol für meinen Vater nicht dasselbe, was für mich das Träumen war, das Schreiben, das Streben nach Freiheit: Zeichen einer Auflehnung, die bei ihm keine anderen Formen annehmen konnte? Ich denke an das Wort von Cocteau: «Pflege das, was man an dir tadelt: du bist es.» Wer weiß, ob dein wahres Ich, deine geheime Größe, mein Vater, nicht gerade in deinem scheinbaren Versagen zu finden wäre, in deiner Weigerung, das Spiel der Privilegien, der Macht, des Fortkommens auf Kosten des Nächsten mitzumachen.

Es ist Zeit, daß ich weggehe. Ich werde meine Mutter einmal mehr hier in dieser Wohnung zurücklassen, die sie fast nie mehr verläßt und in der sie sich ein Dasein eingerichtet hat, über das sie sich nicht beklagt: Mit kleinen Schritten geht sie vom Schlafzimmer in die Küche, von der Küche ins Badezimmer, sie liest, sie hört Radio, sie legt Patiencen.

Als ich sie küsse, sie, die jetzt so klein ist, wo sie mir früher doch so groß erschien, denke ich an all ihre Gesichter, bis hin zu dem, von dem ich doch – magischer Glaube gegen jede Vernunft – so sicher war, daß ich es an ihr nie sehen würde, das des Alters. Das Gesicht des jungen Mädchens, das an einem Tag im Mai seinem Vater, den es doch so sehr geliebt hat, Adieu sagt und nun allein ist auf der Welt: das der sehr jungen Frau, die sich in Eile verheiratet – Hochzeitsreise im November 1918 nach Zürich, der Generalstreik, der dieses sonst so friedliche kleine Land erschüttert, berittene Soldaten, die auf den Trottoirs die Passanten herumstoßen, und die spanische Grippe, die keine Grenzen kennt. Das Gesicht der Frau, die zwei Jahre später im März versucht, das Kind in ihrem Körper zu halten, diesen Säugling, der drei Tage und drei Nächte braucht, um endlich geboren zu werden, oder war ich es vielleicht, die kein anderes Leben wollte als das unter ihrem Herzen, in der warmen Dunkelheit ihres Körpers, ich, die ich eher gestorben wäre, als sie zu verlassen, und nur knapp noch gelang es, mich in der kalten und feindlichen Welt, in der ich mich fand, zum Atmen zu bringen... Das Gesicht unter einem großen breitrandigen Hut, das sich über einen Kinderwagen beugt, selbst noch ein Kindergesicht, und doch ist die Zukunft schon in allen Teilen vorgezeichnet. Das Gesicht der Dreißigjährigen, geschickt geschminkt, in dem die wunderbaren grünen Augen einen melancholischen Glanz zeigen, das Gesicht, das zurechtgemacht ist für Feste, von denen ich ausgeschlossen bin. Das Gesicht, das neben mir an den langen Abenden des Wartens ans Fenster gepreßt wird. Das verschlossene Gesicht, das nichts verrät, wenn die verletzenden Worte auf es niederprasseln. Ein mutiges Gesicht ist es später, unter den Zerstörungen, die das Leben allmählich anrichtet. Und dann ist es aufmerk-

sam, zärtlich diesem neuen kleinen Mädchen gegenüber, das gewissermaßen eine Doppelgängerin des ersten ist, genauso fordernd und einen dazu zwingend, die eigenen Bedürfnisse zu vergessen.
All diese Gesichter und jene noch, die ich nicht sah, tränenüberströmte vielleicht oder von Lust gezeichnete, diese geheimen Gesichter, die sie mir aus Schamhaftigkeit vorenthielt und auch weil ich selbst Angst davor hatte, sie wahrzunehmen.

16. Dezember 1978

Es ist Mitternacht.
Was ich vor vier Jahren vorausgesehen habe, was ich mir an jenem Tag, an dem ich den Hasen überfuhr, vorstellte, ist nun eingetroffen: Gilliane geht ein- bis zweimal pro Woche abends mit Freunden aus, die ich nicht kenne. Sie kommt spät auf ihrem Moped zurück. Ich zwinge mich dazu, nicht auf sie zu warten. Ich warte dennoch.
In dem Alter, da ich noch in Symbiose mit meiner Mutter lebte, litt, wenn ihr etwas weh tat, und vollkommen auf ihre Anerkennung angewiesen war, hat Gilliane ihren Anker schon gelichtet.
Wenn ich achtzehn bin, sagt sie, miete ich ein Studio. Diese Unabhängigkeit, so hat man mir versichert, ist der Beweis dafür, daß ihre «Erziehung» erfolgreich ver-

laufen ist. Um so besser. Mir ist es überlassen, den Preis für diesen Erfolg zu bezahlen, mich mit der Einsamkeit, an die ich mich noch nicht ganz gewöhnt habe, abzufinden.

Ich gehe zum Fenster und knipse vorsichtshalber die Lampe aus. Ich möchte nicht, daß sie merkt, daß ich auf sie warte. Mein Unwille früher, wenn ich einige Minuten zu spät nach Hause kam und merkte, daß meine Mutter nach mir Ausschau hielt. Die Mißbilligung, die ich, vielleicht doch zu Unrecht, in der Handbewegung wahrnahm, mit der sie den Vorhang beiseite schob.

Die Straße ist leer. Ich denke daran, wie Gilliane ganz allein die zehn Kilometer von der Stadt bis hierher zurücklegt. Bilder jagen sich in meinem Kopf. Die Gefahr ist überall und real. Das kleine Rotkäppchen war viel sicherer in seinem dunklen Tannenwald als unsere Kinder im modernen Dschungel.

Vertrauen haben, trotz allem. Wie Gilliane, die Glückliche, die mit geballten Fäusten fest schläft, wenn ich spät nach Hause komme, die damals nicht einmal aufgewacht ist, als ich nach einer Panne auf der Autobahn morgens um drei nach Hause kam und überzeugt war, ich würde sie in Tränen aufgelöst vorfinden.

Welch ein Glück, daß ich eine so ausgeglichene Tochter in die Welt gesetzt habe, die die Ängste, die Unzufriedenheit, die wirren Ambitionen nicht kennt, die ich hatte, als ich fünfzehn war.

Sie wird wahrscheinlich nie schreiben.
Aber ist Schreiben denn wichtig?
Ich habe im Augenblick keine Lust, mir diese Frage zu stellen. Keine Lust auch, mein Scheitern und meine eventuellen Erfolge gegeneinander aufzulisten. Diese Aufzeichnungen, die ich seit vier Jahren mache und die ich heute abschließen will, erheben keinen Anspruch darauf, Bilanz zu sein, ja nicht einmal den auf Vollständigkeit. Ich habe keine genaue Linie verfolgt. Warum habe ich gewisse Ereignisse im dunkel gelassen und andere vorgezogen, weshalb habe ich Gesichter wieder ins Licht gestellt, die lange vergessen waren, und dabei jene ausgelassen, die näherliegen, die vielleicht für mich auch wichtiger gewesen sind? Worauf wollte ich hinaus?
Auf nichts.
Das ist es vielleicht, was ich im Leben gelernt habe: daß es nicht darum geht, um jeden Preis irgendwo anzukommen. Daß das Leben keine Form hat, kein Muster, keinen logischen Zusammenhang. Keinen Sinn, keine andere Rechtfertigung als es selbst.

Vor mir der schwarze See, die Lichter am anderen Ufer – Bellevue, Versoix, Coppet – der Jura, der in der Dunkelheit fast mit dem Himmel eins wird.
Die leere Straße.

Es ist noch nicht lange her, da war sie noch so klein. Zu wissen, daß sie in ihrem Zimmer schlief, daß sie leise atmete, welch beruhigendes Gefühl. Um zehn, bevor ich zu Bett ging, schloß ich ein wenig ihr Fenster, beugte mich über sie, um die Decke hochzuziehen. Ich atmete ihren Duft ein, fühlte an meiner Wange ihren warmen Atem.

Schläft sie? fragte Perceval.

Das Warten wird belohnt, da ist endlich das Moped. Gilliane nimmt die Kurve sehr schnell. Die Garagentür quietscht.

Ich habe das Licht wieder angezündet und mich an meinen Schreibtisch vor meine Schreibmaschine gesetzt.

Ihr Schritt auf der Treppe, der Schlüssel.

Hast du auf mich gewartet?

Nein, du siehst doch, daß ich arbeite.

Dezemberkühle ist mit ihr hier hereingedrungen und das Vergnügen dieser paar Stunden, die sie verbracht hat und von denen ich nie etwas wissen werde.

Die Freude, daß sie wieder da ist.

Ihre Stimme in der Wohnung, das Wasser, das sie im Badezimmer laufen läßt, ihre Gegenwart, ihr Lachen und nachher, wenn sie dazu aufgelegt ist, dieser Ausbruch von Zärtlichkeit, bevor sie einschläft, mein kleines Mädchen, das ich für einen Augenblick wiederfinde, meine Lippen auf dem zarten Stückchen Haut unter dem Ohr, am Haaransatz.

Heute nacht wird alles noch einmal friedlich sein.

NACHWORT

Schreiben ist Abenteuer. Schreibend reist man ins unbekannte Bekannte, entdeckt die eigene Welt, die erst in den Wörtern, die zu wählen, zu verwerfen, zu kombinieren sind, konkrete Konturen gewinnt.

Auch das Übersetzen eines Buches ist ein Abenteuer. Es ist eine Expedition in die innere Welt eines anderen Menschen, es bedeutet Begegnung, die intensiver und anstrengender ist als bloßes Lesen.

Für mich ist Übersetzen Sucharbeit. Nach der Anstrengung, zu verstehen, die Bedeutung der Wörter und Sätze zu begreifen, folgt das Forschen nach den Intentionen des Autors, das Sich-Einfühlen in die Stimmung, in der er schrieb: Weshalb hat er da diese Zeitform gewählt, warum schiebt er dort jenen erklärenden Satzteil noch ein und da dieses zweite Adjektiv? Was wäre, wenn er da das Verb nicht ausgelassen, dort die Assoziation nicht beigefügt hätte?

Übersetzen ist Einüben von Rhythmus und Tonfall, die dem andern Autor beim Denken und Schreiben eigen sind; Übersetzen heißt dann, diesen Rhythmus, diesen Tonfall, diese Bilder in einer anderen Sprache, die auch andere Farben, andere Wendungen und somit Denkmuster besitzt, neu und doch möglichst ähnlich wieder zu erschaffen.

Das vorliegende Buch von Yvette Z'Graggen ist ein sehr persönliches Buch. Autobiographisch, ehrlich, spontan in der Art, wie die Autorin gefühlsmäßigen und gedanklichen Assoziationen folgt, zeigt es auch sprachlich eine gewisse Privatheit, einen sehr persönlichen Ton. Wie sehr dieser Ton doch von der Sprache abhängt, in der jemand schreibt, wurde mir erst beim Übersetzen richtig bewußt. Oft waren mir Wendungen, Gedankengänge beim bloßen Lesen und Nachvollziehen auf französisch ganz klar, ganz vertraut. Dann übersetzte ich, bildete den Satz neu auf deutsch und schon wirkte er gesucht, manchmal gekünstelt, fremd, wurden Nebensätze, die auf französisch elegant und ungezwungen wirkten, schwerfällig, überflüssig.

Was tun? Den Satz neu gestalten, den Nebensatz weglassen, um der Eleganz, des reibungslosen Flusses willen? Oder der Genauigkeit, dem Inhalt zuliebe in der Wortwahl nah beim Original bleiben, dafür vielleicht die Melodie, die Sprachatmosphäre verfälschen?

Ich habe versucht, den Mittelweg zu finden, in der Wortwahl, der Satzkonstruktion dem Original möglichst nah zu bleiben und dabei auch etwas vom ursprünglichen Klang des französischen Textes zu bewahren und doch den Text auf deutsch gewissermaßen neu zu «erfinden», soweit, daß die Atmosphäre, die Selbstverständlichkeit des natürlichen Redeflusses erhalten bleibt.

Übersetzen ist nicht nur eine Expedition in die sprachliche Welt eines anderen Autors, es ist auch ein sehr intensives Erforschen der Möglichkeiten und Begrenzungen der eigenen Sprache. Diese Forschungsarbeit ist oft mühsamer und auch manchmal enttäuschender als das eigene Schreiben, eine heilsame Lektion über eigenes und fremdes Sprachverhalten und über die

Tatsache, daß wir alle im Fühlen und Denken doch bis zu einem gewissen Grade die Gefangenen unserer Sprache sind und der ganzen Kultur, deren Exponent sie ist.
Und doch: gerade bei diesem Buch brachte die Arbeit auch – über die Sprachgrenzen und über die Schranken der Generationen hinweg (die Autorin ist rund zwanzig Jahre älter als ich) – die Begegnung mit jemandem, der mich in eigenem Denken, Fühlen, in meinen eigenen Erfahrungen auf erstaunliche Weise bestätigt. Diese Verwandtschaft, die da zu spüren war, hat mir die Arbeit besonders lieb gemacht.

Hedi Wyss